D1671033

Donautalverlag

Jo Jansen wurde in Rostock geboren und hat dort Betriebswirtschaft studiert. Schon immer schrieb sie gern - Briefe, Blogs, Kurzgeschichten - und war als freie Mitarbeiterin für verschiedene Zeitungen tätig. Nach jahrelanger Tätigkeit im Vertrieb änderte sie 2012 ihr Lebensziel und widmet sich nun ganz dem Schreiben.

Ihr Buch "Nach(t)Sicht" gewann im Januar 2013 den neobooks Wettbewerb.

Jo Jansen ist Mutter zweier erwachsener Söhne und lebt mit Mann und Hund glücklich im Oberen Donautal. Der Hund, eine Deutsch Drahthaar Hündin namens Rika, begleitet Jo fast überall hin. Jo sagt: »Wenn man beim Schreiben immer wieder von einer Hundenase angestupst wird, kommt man irgendwann auf die Idee, ein Hundebuch zu schreiben. So entstand "Der Leberwurstmörder", ein Hundekrimi, in dem Rika die Hauptrolle spielt.«

Jo Jansen schreibt gern Kurzgeschichten und ist außerdem als Texterin tätig.

Jo Jansen finden Sie auch auf Facebook:
https://www.facebook.com/JoJansenAutor

Der Leberwurstmörder

Schnüffelnases erster Fall

Jo Jansen

Donautalverlag

Jo Jansen: Der Leberwurstmörder

Donautalverlag, Fallstr. 27, 88631 Beuron

jansen.jo@icloud.com

1. Taschenbuch-Auflage 2014

(Geringfügig verändert gegenüber dem als KNAUR eRIGINAL

am 01.0702013 erschienenen E-Book)

Redaktion eRIGINAL: Julia Feldbaum

Coverdesign der Taschenbuchausgabe: Sophie Glowczak

ISBN-13: 978-3945518007

ISBN-10: 3945518008

Für meine Eltern

– weil ich es Euch versprochen habe.

Inhaltsverzeichnis

1 Der Karton

Das Telefon klingelt, als Jule gerade die Haustür abschließt. Dieses laute, schrille Geräusch gefällt mir gar nicht. Ich mag es auch nicht, wenn Jule mich an die Leine nimmt, lächelnd *Gassi!* sagt und es sich dann wieder anders überlegt. Weil, zum Beispiel wie jetzt, das Telefon klingelt.

Doch gerade jetzt, in diesem Moment, habe ich eine leise Ahnung, so ein Hundebauchgefühl, dass ohne mein Bellen alles ganz anders weitergehen könnte. Wenn Jule jetzt den Telefonhörer abnähme und wir nicht loslaufen würden. Weil ich aber unbedingt nach draußen will, belle ich ein deutliches *Versprochen ist versprochen!*, ziehe gleichzeitig an der Leine und habe Erfolg! Mit einem Lächeln schaut Jule mich an. „Du hast ja recht."
Und auf geht's in den nahe gelegenen Stadtpark.
So gerate ich in die aufregendste Geschichte hinein, die mir in acht Jahren Hundeleben passiert ist.

Darf ich mich zunächst einmal vorstellen? Rikarda von am-Wasser-längs, silber-braun-gescheckte Deutsch Drahthaar Dame unklarer Abstammung. Ich habe die Menschen schon mehrfach darüber streiten hören, ob ich nun reinrassig bin oder nicht. Mir ist das völlig egal. Ich bin glücklich, und nur das allein zählt. Jule hat mich aus dem Tierheim geholt, als ich noch klein war. Darüber bin ich sehr, sehr froh. Den „Adelstitel" hat sie mir gegeben, weil wir am liebsten gemeinsam am Stadtgraben entlang gehen. Jule ging dort als kleines Mädchen schon mit ihrer Großmutter spazieren, und die nannte es am-Wasser-längs-gehen. Jule nennt mich immer nur Rika, es sei denn, ich habe Blödsinn gemacht. Wenn sie Rikarda ruft, weiß ich, es ist ernst, und dass ich besser ganz schnell zu ihr flitze – oder mich gegebenenfalls aus dem Staub mache.

Wir leben in Süddeutschland, in einer Stadt mit einem großen und mehreren kleineren Parks, einer Universität, einem Dutzend Metzger und jeder Menge Bäumen, Laternenmasten und sonstigen Hundelitfaßsäulen. Unser Häuschen ist winzig und hat einen Garten, der nicht viel größer ist als mein Hundekörbchen. Dort wachsen ein paar Kräuter für Jules Küche. Die darf ich nicht anrühren. Aber es gibt auch noch eine kleine Himbeerhecke. Die süßen Beeren teilen wir ganz gerecht – die unteren für mich, die oberen für Jule. Ich mag Himbeeren sehr! Darum pflücke ich sie mir natürlich selbst. Immer dann, wenn uns das Häuschen zu eng wird, gehen wir nach draußen. Ganz oft in den Stadtpark und manchmal auch in den Wald.

Jule hat heute mein Lieblingsspielzeug dabei, den gelben Ball mit der Schnur. Er steckt in ihrer Jackentasche, ich kann ihn riechen und hüpfe vor lauter Freude schon ein bisschen umher. Im Park gibt es eine große Wiese, auf der Hunde ohne Leine toben dürfen. Ach, wie liebe ich es, dem Ball hinterherzujagen! Wenn Jule wirft, flattern ihr geblümtes Kleid und ihre langen blonden Haare im Wind, und wenn ich renne, flattern meine langen Ohren noch viel mehr. Nach einer halben Stunde aufregender Balljagd darf ich zum Trinken und zur Abkühlung in den Stadtgraben. Ich bin so gern im Wasser! Ich bin ein glücklicher Hund.

Jule sieht auch fast glücklich aus, als sie sich auf eine Bank im Schatten der großen Bäume setzt, um ein wenig zu verschnaufen. Ich darf neben ihr sitzen und genieße es, wie ihre Hand mein Fell krault. Trotzdem entgeht mir der sehnsüchtige Blick nicht, mit dem Jule einer jungen Frau hinterherschaut, die ungefähr im selben Alter ist wie sie. Die Frau versucht lachend, ein kleines Mädchen zu fangen, das gerade Laufen gelernt hat und auf wackelnden Beinen auf den ebenfalls lachenden Papa zutapst. Die Kleine quietscht vor Vergnügen, hält sich am Bein des Papas fest, während der seine Frau in den Arm nimmt. Mit einem leichten Glitzern in den Augen wendet Jule sich ab. Ein Ruck geht durch ihren Körper, als sie aufspringt und ruft: „Rika, komm!"

Auf dem Nachhauseweg trödeln wir noch ein wenig durch die Stadt. Jule kauft Brot und Äpfel auf dem Markt. Ich halte meine Nase in den Wind und schnüffele, was da alles an Gerüchen in der Luft liegt. Am liebsten mag ich den Laden vom Metzger Winter. So wie es dort lieblich deftig duftet, muss es im Hundeparadies riechen! Leider ist Hunden das Betreten dieses Ladens verboten, aber schnuppern kann ich ihn schon drei Straßen entfernt. Mit den Gedanken an Metzger Winters wundervolle Würstchen trotte ich neben Jule her auf unser Häuschen zu.

Doch was ist das? Wie seltsam! Warum riecht es kurz vor unserer Haustür plötzlich nach Katze? Ich schnüffele aufgeregt an einem Karton, der auf der kleinen Stufe vor der Tür steht.
„Rika. Aus!"
Jule zieht mich an der Leine zurück. Ja, merkt sie denn nicht, dass der Katzengeruch von dem Karton ausgeht? Ich will Jule warnen und belle laut und kräftig, doch sie ruft wieder: „Aus, Rika! Sitz!"
Enttäuscht gebe ich vorerst Ruhe und setze mich. Schade, dass Jule nur manchmal auf mich hört. Ich höre doch immer auf sie. Na ja, fast immer jedenfalls. Jule bückt sich, hebt den Karton auf und wundert sich. Obenauf ist eine rote Rose mit Klebeband befestigt. Blumen riechen manchmal auch nach Katze, jedenfalls in den Blumenbeeten

des Stadtparks. Darum schöpfe ich wieder etwas Hoffnung. Doch dann öffnet Jule vorsichtig den Deckel des Kartons. Ich mache immer noch brav Sitz, obwohl es schwerfällt, denn so kann ich nicht sehen, was sich in dem Karton befindet. Neugierig blicke ich Jule ins Gesicht und versuche zu erraten, was sie sieht. Zunächst runzelt sie die Stirn. Das heißt nichts Gutes. Dann schüttelt sie mehrmals den Kopf. Sie scheint etwas nicht zu verstehen. Zuletzt ruft sie entzückt: „Oh, wie süß!"

Süß? Nun lacht sie so sehr, dass um ihre Augen diese kleinen lustigen Fältchen tanzen, und dabei schaut sie mich strahlend an. Also doch etwas Gutes? Bitte, bitte, hechele ich leise vor mich hin, es soll etwas Gutes drin sein. Am liebsten die Würstchen vom Metzger Winter, doch die würden wohl kaum nach Katze riechen, oder? Jule schließt die Haustür auf, streift ihre Schuhe ab und schlüpft in ihre bequemen Hauspantoffeln. Warum löst sie die Leine nicht von meinem Halsband? Hallo? Ich sitze hier immer noch ganz brav auf der Treppenstufe. Hat sie mich vergessen? Spätestens jetzt sollte sie mich losmachen. Aber nein, sie schlingt sich meine Leine um ihr rechtes Handgelenk und trägt ganz vorsichtig mit der linken Hand den Karton vor sich her. So gehen wir zusammen in die Küche, wo Jule den Karton oben auf die Küchentheke stellt. Nun scheint es spannend zu werden. Ich stelle mich auf die Hinterbeine, um besser sehen zu können, und dann passiert es auch schon. Jule hebt erneut den Deckel vom Karton. Darin liegt eine Katze! Und Katzen sind alles, aber sicher nicht süß!

Katzen stören ein glückliches Hundeleben. Erstens, weil sie nach Katze riechen. Zweitens, weil sie sich wie Katzen benehmen. Drittens, und das ist das Allerschlimmste, weil sie die Menschen dazu bringen, sie niedlich oder süß zu finden und mit ihnen mehr zu schmusen, als mit uns Hunden. Und nun ist eine Katze in unserem Haus! Jule hebt das kleine Biest hoch, und automatisch springe ich und will danach schnappen. Autsch! Das tut weh! Ohne, dass ich es bemerkt habe, hat Jule meine Leine an der Reling des Küchentresens befestigt. Dort, wo sie auch immer die Geschirrhandtücher zum Trocknen aufhängt. Ich kann die Katze nicht erreichen und muss hilflos mit ansehen, wie Jule ihr sanft über das goldgetigerte Fell streicht und flüstert: „Du bist so süß ... Was mach ich nur mit dir?"

Und dann beugt sie sich doch tatsächlich mit dem Katzentier auf dem Arm zu mir herunter und sagt: „Schau mal, Rika, könntet ihr zwei euch vielleicht vertragen?"

Was? Ich? Mich mit einer Katze vertragen? Niemals! Katzen sind dazu da, gejagt zu werden, und ich bin ein Jagdhund. Doch Jule schaut mich mit ihren großen, treuen Menschenaugen so lieb an, und ich weiß genau, diesem Blick kann ich einfach nicht widerstehen. Aber ein bisschen knurren werde ich ja wohl dürfen?

„Ganz ruhig", höre ich Jule mit sanfter Stimme sagen. Zu mir? Zur Katze? Oder etwa zu uns beiden?

Jetzt schaue ich mir die Katze doch etwas genauer an. Sie ist klein. Sehr klein. Ein Katzenkind. Sollte sie nicht bei ihrer Mama sein? Oh je, ich erinnere mich an meine eigene früheste Kindheit, als ich Straßenhund in Rumänien war, und plötzlich tut mir dieses Kätzchen leid. Es kann ja nichts dafür, dass es als Katze auf diese Welt kam. Sicher vermisst es seine Mama. Es macht so komische Geräusche. Ob es sich besser fühlt, wenn ich es ein bisschen abschlecke? Wäre es mein Hundekind, würde ich das jetzt tun. Ich bin verwirrt. Solche Gefühle für eine Katze kenne ich gar nicht von mir. Und was macht Jule? Sie beobachtet mich die ganze Zeit, lächelt und hat schon wieder diese lustigen Fältchen um die Augen. Kann sie etwa meine Gedanken lesen? Vorsichtig hält sie mir das Kätzchen genau vor die

Schnauze, jeden Moment bereit, es wieder zurückzuziehen. Das Kleine macht immer noch dieses wimmernde Geräusch, und ich kann nicht anders, ich muss es einfach abschlecken. Hm ... es schmeckt so, wie es riecht, nämlich nach Katze, und doch ist da noch etwas anderes. Ein Geschmack, so ganz ungewohnt, irgendwie *klein*?

„Na also, es geht doch."

Erleichterung ist in Jules Stimme, als sie mir sanft mit der rechten Hand über den Kopf streicht, während sie links immer noch das Kätzchen hält.

Später sitzen wir gemeinsam auf dem Sofa, Jule und ich. Schön! Das hat sich wenigstens nicht geändert. Ich finde es herrlich, mit auf dem Sofa sitzen zu dürfen und ab und zu gekrault zu werden. Das Katzenkind schläft in seinem Karton, Jule hat ihm noch ein kleines Kissen mit hineingelegt. Es war ein aufregender Nachmittag, für uns alle. Ich musste eine Weile allein zu Hause bleiben. Jule fuhr mit dem Kätzchen zum Tierarzt und kam mit einer Menge Dosen und Schachteln zurück, auf denen überall Bilder von Katzen drauf waren. Da ist das Futter für den Kleinen drin. Einerseits gut, so muss ich wenigstens nicht mein Futter mit ihm teilen. Andererseits, so viel Futter? Heißt das wirklich, das Katzenkind bleibt für ein paar Tage hier? Ich bin sehr misstrauisch.

Bei all dem Durcheinander hat Jule völlig übersehen, dass die rote Lampe des Anrufbeantworters blinkt, seit wir von unserem Spaziergang zurückgekommen sind. Jetzt bemerkt sie es plötzlich, steht seufzend auf und geht mit leisen Schritten zu dem Gerät. Hat sie etwa Angst, die Katze zu wecken? Auf mich nimmt sie nie soviel Rücksicht, da wird selbst dann schrecklich laute Musik abgespielt, wenn ich schlafe. Ich schmolle ein wenig vor mich hin und bin dann doch ganz Ohr, als vom Anrufbeantworter eine mir unbekannte männliche Stimme ziemlich aufgeregt spricht:

„Hallo Jule. Hier ist Philipp. Schade, dass du nicht da bist. Ich muss dringend weg und weiß nicht, wohin mit Willy. Du hast doch einen Hund und kannst so gut mit Tieren. Ich lass Willy bei dir, okay? Ihr werdet euch sicher prima verstehen. Danke und tschüss."

Ja, was ist das denn? Kommt da etwa noch jemand? Ein Hund? Das wäre fein, dann könnten wir gemeinsam der Katze Manieren beibringen. Freudig belle ich, aber nur kurz. Dann kommt die Enttäuschung. Jule sieht mich tadelnd an, legt einen Zeigefinger auf ihren Mund und sagt leise: „Pst ... Rika, aus! Willy schläft."

Ach, du lieber Schreck! Das Katzenkind heißt Willy! Das ist nicht unbedingt schlimm, sollen die Menschen ihre Katzenkinder doch nennen, wie sie wollen. Von mir aus auch Willy. Das ist mir völlig egal. Mein Problem ist, dass sich dieser Willy, so wie es aussieht, für längere Zeit hier einquartiert. Mir wird ganz mulmig um die Schnauze. Irgendwie habe ich das Gefühl, dass die glückliche katzenfreie Zeit in diesem Haus gerade ihr Ende nimmt.

Als Jule ins Bett geht, nimmt sie tatsächlich Willy in seinem Karton mit ins Schlafzimmer! Ich darf dort nie hinein. Traurig liege ich in meinem Körbchen und versuche, alles zu verstehen, was heute passiert ist. Der Mensch mit der männlichen Stimme scheint Jule zu mögen. Das weiß ich, denn jeder, der meiner Jule bisher rote Rosen geschenkt hat, mochte sie und hätte sie am liebsten gleich von allen Seiten beschnüffelt, so wie wir Hunde das tun. Ich kann es riechen, wenn ein Mann das mit Jule machen möchte. Nur tun die Menschen ja meistens so vornehm und fallen nicht gleich mit der Tür ins Haus. Sie schenken erst rote Rosen, dann laden sie einander zum Essen ein und trinken dieses komische rote Wasser, das sie Wein nennen. Davon bekommen sie alberne Stimmen und erzählen seltsame Sachen. Ich finde dieses menschliche Getue ziemlich anstrengend und umständlich. Soll der Mann doch gleich sagen, was er will, denn

Menschenfrauen können das ja nicht riechen, so wie ich. Und ich glaube, Jule findet dieses Theater mit Rosen, Essen und alberner Stimme auch nicht gut. Sie verabschiedet sich am Ende so eines Abends meist höflich, bedankt sich für das Essen und geht beschwingt wieder nach Hause. Mit mir an der Leine! Denn ich darf immer mal wieder mit zu solchen Treffen oder Dates, wie Jule das nennt, wenn sie ihrer besten Freundin Mara kichernd davon berichtet.

In meinem Hundebauch habe ich so ein komisches Gefühl. Wenn dieser Philipp vom Anrufbeantworter meiner Jule eine rote Rose geschenkt hat, warum kommt dann als nächster Schritt nicht die Nummer mit dem Essengehen, sondern eine Katze? Irgendetwas läuft hier falsch. Über all die Nachdenkerei falle ich in einen unruhigen Schlaf mit wirren Träumen. Darin bin ich wieder ein Welpe, liege auf piksenden Rosen und kann mich nicht bewegen. Plötzlich kommen von überallher riesige Katzen und beginnen, mich mit ihren rosa Zungen abzuschlecken.

2 Frieda

Am nächsten Morgen erwache ich, weil mir tatsächlich eine kleine, weiche Zunge über die Schnauze fährt. Eine fremde Zunge, denn meine eigene kenne ich, die ist viel größer. Meine Zunge riecht auch nicht nach Katze. Vorsichtig öffne ich die Augen und sehe Willy vor mir stehen. Er scheint völlig arglos, kein bisschen ängstlich, im Gegenteil. Kaum sieht der Kleine, dass ich wach bin, streckt er tapsig eine Pfote nach mir aus. Dabei macht er wieder dieses komische Geräusch. Armes Kätzchen. In mir regt sich erneut dieses Gefühl. Na, das kann ja heiter werden! Ich, eine seriöse Hundedame in den besten Jahren, werde doch wohl nicht zur Ersatzmami für so ein Katzenfindelkind mutieren! Willy kommt immer dichter an mich heran. Dieses kleine, flauschige Fellbündel könnte mir jetzt prima den Bauch wärmen. Ich habe es sehr gern, wenn mein Bauch gestreichelt wird. Und da Jule noch schläft, könnte doch vielleicht Willy ...? Der Kleine scheint es genauso zu sehen, denn einen Augenblick später liegt er in meinem Hundekörbchen und macht nun ein anderes seltsames Geräusch, man nennt es wohl Schnurren. Hm, und angenehm warm ist er. Fühlt sich sehr gut an. Nur an den Katzengeruch werde ich mich nicht so leicht gewöhnen.

Ich muss wieder eingedöst sein und erwache von einem Gewitter. Es blitzt ... aber kein Donner folgt. Und es riecht nach Jule. Freudig wedele ich mit dem Schwanz, während ich zum zweiten Mal an diesem Morgen die Augen öffne. Da blitzt es wieder, und ich werde geblendet. Schlagartig wird mir klar, dass Jule mit diesem Apparat vor mir steht, mit dem sie Bilder machen kann. Gerade will ich bellen und ihr sagen, was ich davon halte, geblitzt zu werden, da spüre ich das warme Fellbündel an meinem Bauch. Willy schläft, da bleibe ich lieber noch ruhig, wenn's auch schwerfällt. Jule lacht und sieht sehr glücklich aus.

Auf dem Weg zur Haustür mache ich einen großen Bogen um den Deckel des Katzenkartons. Jule hat komischen groben Sand hineingestreut, und das bedeutet für Willy nun wohl das Gleiche, wie die Wiesen des Stadtparks für mich. Also ehrlich, ich versteh die Katzen nicht. Ich verrichte meine Geschäfte lieber im Park oder im Wald, da gibt es so viel zu schnüffeln. Andererseits bin ich auch erleichtert, dass Willy bei unserer Morgenrunde durch den Stadtpark nicht dabei ist. Es wäre mir ziemlich peinlich, von den anderen Hunden mit einem Katzenkind im Schlepptau gesehen zu werden, das vielleicht noch anfängt, Mama zu mir zu sagen.

Später sitzt Jule an ihrem Schreibtisch und arbeitet. Sie schreibt Bücher für Kinder und denkt sich dafür lustige Geschichten aus. Dann leuchten ihre Augen, sie ist ganz vertieft in ihre Arbeit und klappert immerzu auf ihrem Computer herum. Ich bin froh, dass sie zu Hause arbeitet. So bin ich nie allein. Darum störe ich Jule auch nur, wenn es mir zu langweilig wird oder ich das Gefühl habe, unbedingt gestreichelt werden zu müssen.

Doch heute stört jemand anderes Jules Arbeit. Kaum dass sie angefangen hat, klingelt das Telefon. Ich gebe nur ein leises Wuff von mir, denn Jule mag es gar nicht, wenn ich immer belle, sobald das Telefon oder die Türklingel läutet. Es ist Jules beste Freundin Mara. Jule erzählt ihr aufgeregt nicht nur von Willy, sondern auch ein paar Details über Philipp, die ich noch nicht wusste. Die beiden Freundinnen tauschen sich immer über neue Bekanntschaften und

Dates aus. Sie sind beide Anfang dreißig, klug, hübsch und auf Männersuche. Das funktioniert irgendwie über den Computer und nennt sich Internet. Leider gibt es dort nicht nur tolle Männer, wie Jule und ich schon festgestellt haben, sondern sogar welche, die keine Hunde mögen! Da sind sie bei Jule aber völlig falsch, und darum darf ich zu den meisten Dates mitgehen.

Wir haben schon komische Typen kennengelernt. Einer meinte tatsächlich, es wäre unhygienisch, wenn ein Hund im gleichen See schwimme, wie die Menschen. Jule hat ihm kurz erklärt, dass Hunde, im Gegensatz zu Menschen, nie in den See pinkeln. Ich habe vor Freude unter dem Tisch mit dem Schwanz gewedelt, als ich hörte, wie Jule die Hundeehre verteidigte. Beim Verabschieden habe ich den Mann angeknurrt, zwar nur ein bisschen, aber Jule hat gelacht und zu ihm gesagt: „Tja, aus uns kann leider nichts werden, mein Hund mag dich nämlich nicht."
Peng, da war er sprachlos.

Mit Philipp hat Jule sich noch nie getroffen, das wüsste ich, sondern bisher nur Mails geschrieben, wie sie Mara erzählt, und einmal mit ihm telefoniert. Ja, und dann setzt er ihr gleich seine Katze vor die Tür? Jule ist darüber genauso verwundert, wie ich. Schade, dass ich nicht hören kann, was Mara sagt.

Die nächsten Tage verbringe ich mit so wichtigen Dingen wie Dösen und Fliegenfangen. Willy kommt immer wieder zum Kuscheln. Das gefällt mir von Mal zu Mal besser. Obwohl Willy Jules Pflanzen anknabbert, scheint sie ihn ins Herz geschlossen zu haben, und irgendwie kann ich Jule verstehen. Sie kauft sogar so einen komischen Käfig für Willy und setzt ihn hinein, als wir übers Wochenende zu Mara aufs Land fahren wollen.

Bei Mara ist es hundefantastisch! Da gibt es eine große Wiese voller Apfelbäume, und ich darf ohne Leine laufen und springen. Mara hat auch einen Hund, einen kleinen Rauhaardackel mit kurzen, krummen Beinen. Er heißt Flocke und ist schon sehr alt. Darum tobt er auch nicht mehr mit mir, sondern liegt die meiste Zeit in seinem Körbchen. Ja, und Willy? Der Ärmste, er wird doch nicht etwa das ganze Wochenende in dem Käfig hocken müssen?

Zu Mara fahren wir immer mit dem Zug. Meist darf ich neben Jule auf der Bank sitzen und aus dem Fenster schauen. Was es da alles zu sehen gibt! Zuerst fahren immer die Häuser unserer Stadt vorbei, dann grüne Wiesen, Wälder, ab und zu eine Straße. Manchmal habe ich schon Rehe gesehen oder eine Katze.

Als wir uns endlich auf den Weg machen, bin ich ganz aus dem Häuschen vor Freude. Aber Jule lässt mich nicht hüpfen, sie meint, ich solle brav bei Fuß gehen. Na gut, ich kann ja verstehen, dass Jule jetzt nicht mit mir gemeinsam rumspringen kann, wie wir es sonst manchmal tun. Sie trägt in der linken Hand den Käfig mit Willy. Rechts hat sie mich an der Leine und auf dem Rücken noch einen Rucksack mit Klamotten, Hundekuchen und anderen Sachen.

Vor dem Haus treffen wir die dicke Frau Schmitz von gegenüber. „Na, zieh'n Se um?", fragt sie und lacht dabei so breit, dass man ihre gelben Zähne sehen kann. Aber ihr Lachen ist falsch, denn ihre Augen lachen nicht mit. Da sind nicht diese kleinen Fältchen, die Jule beim Lachen hat. Ich könnte das nicht – mit dem Schwanz wedeln und so tun, als ob ich mich freue, wenn's gar nicht stimmt. Darum mag ich Frau Schmitz nicht und belle sie jedes Mal an, wenn ich sie sehe. Jule grinst dann immer nur. Ich glaube, sie mag die Frau auch nicht.

„Schönes Wochenende, Frau Schmitz", sagt Jule. „Wir sind Sonntagabend wieder zurück."

Während der kurzen Zugfahrt kann ich heute keine Rehe entdecken. Nicht einmal eine Katze ist zu sehen. Schade. Nach einer Viertelstunde halten wir auf dem kleinen Dorfbahnhof. Sofort springe ich auf. Das Abenteuer kann beginnen!

Mara holt uns in ihrem blauen Auto vom Bahnhof ab. Zum Glück ist es ein Kombi, wie die Menschen sagen, und so kann ich während der Autofahrt im Kofferraum nach hinten aus dem Fenster schauen. Wieder kommen wir an ein paar Häusern vorbei. Auch Kühe, Schafe und Pferde sehe ich. Und endlich, da ist sie – die große Wiese! Wie ich mich freue, wieder hier zu sein. Kaum öffnet sich der Kofferraum, springe ich hinaus und renne schnüffelnd aufs Haus zu, um zu riechen, was sich seit unserem letzten Besuch verändert hat. Und dann habe ich eine Art Déjà-vu: Vor Maras Haustür steht ein Karton, der ganz genauso aussieht, wie der Karton von Willy! Sogar eine rote Rose ist mit Klebeband darauf befestigt. Aufgeregt belle ich, dass Jule und Mara herkommen sollen, doch die schwatzen und albern noch am Auto herum. Also muss ich der Sache allein auf den Grund gehen. Sorgfältig beschnüffle ich den Karton von allen Seiten. Er riecht eindeutig nach Katze! Und nach … Gerade, als ich überlege, ob ich zuerst die Neuigkeit bellend verkünden oder den zweiten Geruch genauer erschnüffeln soll, schreit Mara: „Rika. Aus!"
Mensch, immer wenn es interessant wird. So habe ich keine Gelegenheit für weitere Untersuchungen, weil sofort Jule und Mara neben mir sind, mich beiseitedrängen und den Karton hochheben. Wenigstens belle ich ihnen noch zu, dass ich es war, die ihn zuerst entdeckt hat.

Was dann folgt, habe ich ein paar Tage zuvor bereits erlebt: Stirnrunzeln, Kopfschütteln und Ach, wie süß! Na toll! Irgendwer scheint hier umherzulaufen und kleine Katzen zu verteilen. Ich darf

Maras Katzenkind vorsichtig beschnüffeln und habe den zweiten Geruch schnell identifiziert: Es ist Willys Geruch! Na ja, nicht direkt Willy, aber dieses Katzenkind ist Willys Geschwisterchen, dafür verwette ich meine Schnüffelschnauze! Was hat das alles nur zu bedeuten?

Jule und Mara sind zunächst ebenso ratlos wie ich. Sie reden wild durcheinander und suchen angestrengt nach weiteren Übereinstimmungen. Mit einem Mal ruft Mara: „Himmel, ich glaube, da verarscht uns jemand ganz gewaltig!"
„Sag ich doch", kommt es von Jule zurück. „Nur wer?"
Sie schaut Mara fragend an.
Deren Augen leuchten, sie scheint etwas auf der Spur zu sein.
Jagdfieber!

Ein Gefühl, das ich nur allzu gut kenne, schließlich bin ich ein echter Jagdhund. Wenn ich erst einmal Fährte aufgenommen habe und ahne, dass sie zum Ziel führen wird, ist der erste Schritt bereits ein kleiner Sieg, ein Versprechen. Der Fährte zu folgen, ist eine Aneinanderreihung weiterer kleiner Triumphe. Bis nach einer aufregenden Jagd die Beute erreicht ist. Dieser letzte Sieg wiegt um so schwerer, je länger die Jagd vorher war. Was wirklich zählt, sind also die kleinen glücksverheißenden Momente, bei denen das Herz vor Aufregung und Vorfreude bebt.

Kurz darauf sitzen wir alle sechs zusammen auf Maras Sofa. Ein Bild, das wahrscheinlich in der Zeitschrift Mensch und Tier den ersten Preis bekäme. Mara und Jule hocken nebeneinander, jeweils ihr Notebook auf den Knien. Mara ist dunkelhaarig und groß. Sie trägt, wie meistens, eine enge schwarze Hose und ein schwarzes T-Shirt. Jule dagegen ist blond und eher klein. Sie zieht gern helle, luftige Kleider an, am liebsten mit Blümchen darauf. Beide Freundinnen haben langes Haar, das sie jetzt hinter die Ohren gestrichen haben, wie immer, wenn sie sich konzentrieren. Flocke döst neben Mara, die ihre Findelkatze vor dem Notebook auf dem Schoß hält und sanft streichelt. Jule hat Willy aus seinem Käfig genommen, der zum Glück nur für die Reise nötig war, und hält ihn auf die gleiche Weise. Ich sitze daneben. Nur döse ich nicht, so wie Flocke, sondern bin ganz gespannt bei der Sache. Wenn ich könnte, würde ich mir jetzt auch ein paar Haare hinter die Ohren streichen.

Jule hat die Katze von Philipp bekommen. Aber Mara kennt Philipp gar nicht. Oder vielleicht doch? Die beiden Freundinnen sind gemeinsam im Internet unterwegs. Jule zeigt der Freundin die Mails von Philipp, und Mara stöbert in ihren Datingkontakten, wie sie es nennt.

„Da!" Triumphierend klopft Mara auf den Bildschirm ihres Notebooks. „Der hier, Manuel, der muss es sein. Er hat sich sehr gefreut, dass ich einen Hund habe und auf dem Lande lebe."

„Er sieht auf dem Foto aber ganz anders aus als Philipp", gibt Jule zu bedenken.

„Bah! Wer weiß, ob er wirklich dieser gut aussehende junge Mann ist. Ich hab ihn ja noch nicht getroffen. Du weißt doch, wie hier gelogen wird – falscher Name, falsches Alter, arbeitslos, statt Architekt, oder in Wirklichkeit verheiratet. Wenn die Typen wirklich alle so toll wären, wie sie in ihren Profilen schreiben oder auf den Fotos daherkommen, dann hätten wir zwei Hübschen unseren Traummann doch schon längst finden müssen."

„Stimmt." Jule nickt. „Ich habe Philipp ja auch noch nicht getroffen. Es war nur sein Spruch auf dem Anrufbeantworter, und einmal hab ich kurz mit ihm telefoniert. Er musste dann gleich wieder auflegen, weil seine Mutter überraschend bei ihm vor der Tür stand."

„Haha, wer's glaubt, wird selig", lacht Mara. „Ich bin sicher, das ist ein und dieselbe Person, vielleicht mit Glatze und Schmerbauch." Sie zieht die Stirn in Falten. „Und er wusste, dass ich heute Nachmittag fort bin, um dich abzuholen."

„Waaas?" Jule sieht sie verwundert an.

„Na ja, er schrieb mir in der letzten Mail, dass er sich heute Nachmittag telefonisch melden wollte, und ich antwortete ihm, dass ich um 15 Uhr meine beste Freundin vom Bahnhof abholen müsse. Die Zeit muss er genutzt haben, um den Karton vor meine Tür zu stellen."

Jule schüttelt den Kopf. „Süße, und warum sollte uns dieser Philipp-Manuel-Schmerbauch die Kätzchen schenken?"

Beide kichern über den, wie sie finden, sehr passenden Namen.

„Vielleicht, um uns gefügig zu machen, damit wir über seine vielen Unzulänglichkeiten hinwegsehen und uns trotzdem auf eine heiße Nacht mit ihm einlassen? Mehr will der doch garantiert nicht."

„Ach, Mara, wenn du wirklich recht hast, hab ich bald keinen Bock mehr auf diese Onlinedaterei." Jules Augen funkeln kampflustig: „Der soll sich nur wieder melden, dem mach ich die Hölle heiß!"

Mara sieht Jule plötzlich mit Tränen in den Augen an. Was? Mara weint? Die große, starke Mara, die hier auf dem Hof ein Bildhaueratelier hat und mit Hammer und Meißel umgehen kann wie ein echter Kerl? Wenn sie wirklich einmal Frust hat, stürzt sie sich in die Arbeit, schlägt auf die Steinrohlinge ein, dass die Splitter nur so fliegen und nach kurzer Zeit ist der Ärger gleich mit verflogen. Mara weint nicht. Oder doch? Jetzt fängt sie auch noch an, zu niesen.

„Hatschi! Haaa-atschi! Schitt!", entfährt es ihr. „Ich glaube, ich bin allergisch auf die kleinen süßen Biester."

„Frische Luft!", ruft Jule. „Du musst an die Luft."

Die beiden Freundinnen verlegen ihren Plausch in den Garten. Im Schatten des großen Apfelbaumes beruhigen sich Maras Nase und Augen wieder. Flocke schläft unter dem Tisch, ich liege neben Jules Korbsessel auf dem Rasen und lasse die beiden Frauen nicht aus den Augen. Die Katzenkinder spielen in ausreichendem Abstand zu Mara miteinander im Gras.

„Ich glaube, Rika geht es heute nicht so gut." Jules Stimme klingt besorgt. „Sie tobt gar nicht über die Wiese, so wie sonst immer."

„Ach was, schau dir Flocke an, wie der faul daliegt. Und Rika wird auch nicht jünger", zerstreut Mara die Bedenken. „Das ist vielleicht nur die Wärme, da bleibt sie lieber im Schatten, genau wie wir."

Wärme? Fieber habe ich! Genauer gesagt, echtes Jagdfieber. Ich lasse meinen Blick zwischen den Gesichtern der beiden hin- und herwandern, habe die Ohren gespitzt, um ja kein Wort zu verpassen, und wedele vor Aufregung ununterbrochen mit dem Schwanz. Es geht um Frieda. Mara kann das kleine Kätzchen nicht behalten. Jule hat sich zwar sofort in Willy verliebt, will aber keine zweite Katze in unserem kleinen Häuschen haben. Und warten, bis Schmerbauch, wie sie ihn nun kurz nennen, sich wieder meldet, wollen sie auch nicht.

„Lass uns im Tierheim anrufen, die finden bestimmt ganz schnell jemanden, der so ein kleines, süßes Kätzchen haben will", schlägt Mara vor.

„Meinst du, da ist noch irgendwer? Um diese Zeit? Es ist immerhin Freitag und fast 18 Uhr", gibt Jule zu bedenken.

Doch Mara hält ihr Handy schon in der Hand, wählt eine Nummer und schaltet den Lautsprecher ein. Dafür würde ich ihr am liebsten einen nassen Hundekuss geben, denn so kann ich das Gespräch mit verfolgen.

„Tierheim am Stadtgraben", meldet sich eine männliche Stimme, und sofort klingeln in meinem Kopf sämtliche Alarmglocken. Ich setze mich kerzengerade auf, spitze die Ohren noch mehr, sodass es fast schon wehtut, und sehe Jule fragend ins Gesicht. Doch sie scheint nichts zu bemerken, denn sie schaut mich nicht einmal an.

„Lindemann", stellt Mara sich kurz vor und erklärt, dass sie eine kleine Katze gefunden hat und diese gern ins Tierheim gäbe.

„Tut mir leid", sagt die Stimme am anderen Ende der Leitung. „Wir können zurzeit keine Katzen aufnehmen, das Heim platzt aus allen Nähten. Können Sie nicht vielleicht im Bekanntenkreis ..."

Ich unterbreche den Typen am Telefon mit einem lauten Bellen. Zu schade, dass die Menschen meine Sprache meist nicht verstehen. Fällt Jule denn nichts auf? Hallo – hör doch mal genau hin. Das ist die Stimme von unserem Anrufbeantworter, dieser angebliche Philipp!

„Rika. Aus!" Jule beugt sich zu mir herunter und sieht mich streng an. „Jetzt nicht!"

Oh je, ich muss ihr aber irgendwie begreiflich machen, dass Mara gerade mit Schmerbauch telefoniert. Nur wie? Also springe ich mit zwei großen Sätzen hinüber zu den Katzenkindern, packe Willy vorsichtig am Genick, wie Hunde- und Katzenmütter das mit ihren Kleinen tun, und trage ihn zu Jule. Dabei knurre ich leise und Willy maunzt. Eigentlich ein hübscher kleiner Chor, wenn die Sache nicht so wichtig wäre. Schwanzwedelnd sehe ich zu Jule empor und warte auf ein Zeichen des Verstehens in ihrem Gesicht.

„Wie gesagt, versuchen Sie es in Ihrem Bekanntenkreis, wir haben leider keinen Platz mehr", meldet sich der Mann am Telefon wieder. „Danke und tschüss!"

Damit legt er auf.

„Danke und tschüss", murmelt Jule, schaut nun endlich zu mir und Willy, dann auf das Telefon in Maras Hand – und wie ein Blitz trifft sie die Erkenntnis.

„Das war er", flüstert sie, als könne ER sie immer noch hören.

„Wer?" Mara sieht sie entgeistert an und legt dabei das Handy auf den Tisch.

„Na warte." Schon hält Jule das Telefon in der linken Hand, drückt auf Wahlwiederholung und den Lautsprecher und dann – nichts. Es klingelt am anderen Ende, aber niemand hebt ab. Nach dem fünften Klingeln schaltet sich ein Anrufbeantworter ein und eine Stimme – nein, DIE Stimme – meldet sich: „Tierheim am Stadtgraben, leider rufen Sie außerhalb der Öffnungszeiten an. Unsere Öffnungszeiten sind ..."

Ganz blass um die Nasenspitze lässt Jule die Hand mit dem Telefon sinken. Ich setzte Willy vorsichtig zurück ins Gras und lecke Jule die rechte Hand, um sie zu trösten. Während sie mir geistesabwesend den Kopf streichelt, schaut sie ihre Freundin an, und ich erkenne, dass ihre Gedanken Purzelbäume schlagen. Dann knuddelt sie mich plötzlich mit beiden Händen und lobt mich: „Brav, Rika. Sogar du hast ihn erkannt, stimmt's? Das wolltest du mir eben sagen."

Nun wendet sie sich wieder Mara zu: „Das war die Stimme von Philipp. Also Schmerbauch. Jetzt haben wir ihn!" Jules Kampfgeist ist erwacht, es sprudelt nur so aus ihr heraus: „Dieser Schuft! Hat wohl im Tierheim nicht genug Platz für kleine Katzen und stellt sie ahnungslosen Frauen vor die Tür!" Ich mag es, wenn Jule wütend ist, denn so findet sie meist eine Lösung. Viel schlimmer ist es, wenn sie traurig ist, dann fällt ihr gar nichts ein, und ich muss sie trösten.

„Wie? Du meinst, der zieht die ganze Show mit dem Onlinedating nur ab, um seine Katzen loszuwerden?" Mara ist nun auch wütend. „Wie mies ist das denn? Frauenverarscher aus Tierliebe, oder was?"

Nun wird Kriegsrat gehalten. Das Tierheim wird erst morgen früh wieder geöffnet. Dann wollen die beiden mit Maras Auto in die Stadt fahren und diesem Schmerbauch die Hölle heißmachen, wie sie es nennen.

Au fein, darauf freue ich mich. Seit Jule mich vor sieben Jahren aus genau diesem Tierheim geholt hat, gehen wir viel zu selten auf Besuch dort hin. Ich glaube, Jule hat Angst, dass sie sich dann in ein weiteres armes Tier ohne Zuhause verlieben könnte, und dafür ist unser Häuschen nun wirklich zu klein. Im Tierheim ist viel mehr Platz. Der alte lang gestreckte Flachbau war früher eine Kegelbahn. Heute bröckelt außen der graue Putz ab und hat dadurch die Fassade mit seltsamen Mustern überzogen. Die erinnern mich immer an ein großes, löchriges Stück Käse, wie Jule es manchmal auf dem Markt kauft.

Drinnen gibt es viele Zwinger, ein Katzenzimmer und ein Welpenzimmer mit Wärmelampen, ein Futterlager, das Büro, einen Waschraum und weitere Zimmer, in denen manchmal Exoten untergebracht werden. In der kurzen Zeit, in der das Tierheim mein Zuhause war, lebte dort für eine Weile eine kluge Dohle, die jemand mit verletztem Flügel gefunden hatte. Den Tag, als sie geheilt davonfliegen durfte, werde ich nie vergessen. Damals träumte ich davon, auch einfach in den Himmel hinaufzusteigen, um zu lieben Menschen zu fliegen. „Seht nur, da kommt Rika, der fliegende Superhund! Sie soll es gut bei uns haben. Holt ein weiches Kissen, damit sie darauf landen kann. Bringt ein leckeres Leberwurstbrot, damit sie sich satt fressen kann. Und streichelt sie, kommt alle her und streichelt sie."

Heute lächele ich über meine damaligen Klein-Hunde-Fantasien. Fakt ist, kein Tier möchte wirklich im Heim leben, jeder Insasse wartet und hofft, dass eines Tages ein freundlicher Mensch hereinkommt, lächelnd mit dem Finger auf ihn deutet und ruft: „Dich will ich!"
Da das Tierheimgelände an das hintere Ende des Stadtparks grenzt, laufe ich manchmal schnell zum Zaun, sage *Hallo,* und schaue, wer

immer noch da und wer neu hinzugekommen ist. Mein alter Freund Nino war schon im Heim, als ich dort hinkam, er gehört quasi zum Inventar. Er lebte als junger Hund bei schlimmen Menschen, bis er gerettet wurde. Nino ist blind und läuft hinkend auf drei Beinen, darum wollte ihn wohl niemand haben. Ich muss unbedingt zu ihm und ihn fragen, was er über Schmerbauch weiß.

3 Schmerbauch

Am nächsten Morgen scheint wieder die Sonne, es ist warm, und wir sitzen alle unter dem Apfelbaum. Es hat einen großen Vorteil, bei Mara draußen zu frühstücken! Ab und zu fällt, natürlich ganz zufällig und aus Versehen, ein Zipfelchen Wurst oder ein Würfelchen Käse unter den Tisch ins Gras. Ansonsten sind sich die beiden Freundinnen einig, dass Hunde nichts vom Tisch bekommen sollen. Na ja, ich hätte wirklich kein Problem damit, wenn Jule zu Hause auch manchmal etwas Leckeres herunterfiele.

Zum Tierheim reisen die Katzengeschwister gemeinsam im Katzenkäfig. Dieser kommt in den Kofferraum, Flocke und ich ebenfalls. Ich frage Flocke, was er von der Geschichte mit den Findelkatzen hält. Der alte Dackel gähnt nur und schläft sofort ein. Eine Weile schaue ich noch aus dem Heckfenster, zähle die vorbeihuschenden Bäume und Laternenpfähle und überlege, wie viele Hunde dort wohl schon ihre Botschaften hinterlassen haben mögen. Beim Bäumezählen werde ich immer schnell müde, und so beschließe ich, es Flocke nachzutun und ebenfalls etwas zu dösen.

Mara fährt, Jule sitzt neben ihr, und sie haben das Autoradio voll aufgedreht. Da verpasse ich jetzt sowieso kein wichtiges Gespräch.
In der Nähe des Stadtparks werde ich unruhig. Gleich sind wir am Tierheim, und dann werden wir ja sehen, wie Jule und Mara dem Schmerbauch die Hölle heißmachen. Aufgeregt beginne ich, zu winseln und mit dem Schwanz zu wedeln. Umso größer ist meine Enttäuschung, als Mara die Kofferraumtür öffnet, den Katzenkäfig herausnimmt und die Klappe gleich wieder schließt.

Hallo?! Habt Ihr mich etwa vergessen? Ich fasse es nicht, ich darf nicht mit. Wie soll ich denn dann helfen, das Ganze aufzuklären?

Meine Chance kommt nur kurze Zeit später. Mit enttäuschten Gesichtern und dem Käfig, in dem immer noch beide Katzen sitzen, kommen die Freundinnen zurück. Sie beschließen, bei uns zu Hause in Ruhe zu überlegen, wie es weitergehen soll, bevor wir aufs Land zurückfahren.

Mara kutschiert die Katzen auf direktem Weg zu unserem Haus. Jule nimmt mit Flocke und mir zu Fuß den Weg durch den Stadtpark. Die Vögel zwitschern, und die Sonne fällt durch das Blätterdach der alten Bäume. Dabei malt sie leuchtende Kringel, die über den kurz geschnittenen Rasen tanzen. Eigentlich müsste ich versuchen, die frechen Sonnenkringel zu fangen, wie ich es sonst immer tue. Das verlangt meine Jagdhundeehre. Nur habe ich gerade Wichtigeres vor.

Flocke ist so langsam auf seinen kurzen Beinchen, dass Jule immer wieder stehen bleibt, um auf ihn zu warten. Das muss ich ausnutzen! Ich renne zurück zum Tierheim und am Zaun des Außengeländes entlang. Nino ist nirgendwo zu sehen, also frage ich einen der Neuen nach ihm. Es ist Harry, ein kleiner, ängstlicher Beagle, der eifrig bemüht ist, alles richtig zu machen – in der Hoffnung, dann bald einen Menschen zu finden, der ihn zu sich holt. Harry flitzt sofort los und kommt kurz darauf mit Nino zurück. Wir begrüßen uns mit Hundeküsschen durch den Maschendrahtzaun, denn mein freudiges Schwanzwedeln kann Nino ja nicht sehen. Er verzieht verwundert die Nase und schnüffelt länger als gewöhnlich an meiner Schnauze. Da ist ein Geruch, der ihm irgendwie bekannt vorkommt – der Geruch von Frieda und Willy! Sie kommen tatsächlich hier aus dem Tierheim, wurden mit drei weiteren Geschwistern vor zwei Wochen von einer alten Dame abgegeben. Die Frau hatte sie auf dem Gelände der verlassenen Fabrik gefunden, ohne eine Katzenmutter in der Nähe. Hinter der alten Fabrik liegt die gefährliche Schnellstraße, die schon mancher Katze das Leben gekostet hat.

Nino geht es nicht so gut, sein Alter macht ihm zu schaffen. Darum liegt er bei der Wärme auch lieber im Büro des Tierheims, als hier im Außengelände, wo es wenig Schatten gibt. Insgeheim danke ich dem Wetter, denn so kann Nino mir von dem Gespräch berichten, das Jule und Mara vorhin dort geführt haben. Und dieser Bericht macht alles nur noch verworrener. Im Büro hat heute Paula Dienst, ein Mädchen mit einer sehr angenehmen Stimme und sanften Händen, wie Nino erzählt, und dabei lächelt er ein bisschen und wedelt mit dem Schwanz. Paula mag Nino und streichelt ihn oft. Darum mag Nino Paula und liegt gern unter dem Schreibtisch, wenn sie arbeiten muss. Manchmal gibt sie ihm sogar ein Stückchen von ihrem Leberwurstbrot ab. Dann mag er sie noch mehr.

Wie sie es ausgemacht hatten, fragte Jule nach Philipp. Und, wie erwartet, kannte man hier niemanden mit diesem Namen. Und auch keinen Manuel. Schmerbauch, der Mann mit den vielen Namen, denke ich still bei mir, während Nino fortfährt zu erzählen. Seltsam ist nur, dass überhaupt kein Mann im Tierheim arbeitet. Außer Paula gibt es noch Liane, die heute frei hat, und Erika, die hinten bei den Tieren arbeitet. Ab und zu helfen ein paar Jugendliche oder ältere Damen hier aus, ehrenamtlich und aus Mitleid mit den Tieren. Jule gab sich mit dieser Auskunft nicht zufrieden und fragte, welcher junge Mann denn den Anrufbeantworter des Tierheims besprochen hätte. An der Stelle grinst Nino und erzählt, dass auch Paula diese Frage mit einem Lachen beantwortet hat. Sie sagte:

„Das passiert immer wieder. Da sind Sie nicht die Ersten. Den Spruch hat Liane aufgenommen. Sie hat so eine tiefe, rauchige Stimme, dass sie am Telefon immer für einen Mann gehalten wird. Uns ist es nur recht, wenn man uns nicht als einen reinen Weiberverein abstempelt. Liane ist unsere gute Seele. Sie liebt Tiere über alles und ist sogar in ihrer Freizeit noch für das Tierheim unterwegs. Ständig auf der Suche nach Sponsoren oder Menschen, die eines der Tiere aufnehmen."

Nun weiß ich, warum Jule und Mara so enttäuscht aussahen, als sie zum Auto zurückkamen. Schmerbauch ist gar kein Mann, sondern eine Frau! Viel mehr Aufregendes hat Nino nicht zu berichten. Liane ist heute nicht hier und es hätte wenig Sinn, Paula mit der Geschichte zu belästigen. Am Ende des Gesprächs vergaßen beide Freundinnen, vor lauter Verwunderung, über das, was sie gerade erfahren hatten, dass sie eigentlich Frieda hier abgeben wollten. Ich danke Nino für diese wichtigen Informationen, und er verspricht mir, die Ohren offen zu halten und mich mit allen weiteren Neuigkeiten zu versorgen.
Schnell flitze ich Jule und Flocke hinterher, die inzwischen fast den Stadtpark durchquert haben. Jule ist so in Gedanken versunken, dass sie vergisst, mich an die Leine zu nehmen und einfach nur sagt: „Ach, Rika, schön, dass du wieder da bist."

So marschiere ich voller Stolz und in Freiheit auf unser Haus zu und hoffe, dass mich die kleine zickige Chihuahuadame sieht, die drei Häuser vor uns wohnt und die immer auf den Arm genommen wird, wenn ein anderer Hund auf der Straße ist. Von dort aus versucht sie dann, mit ihrem Piepsstimmchen wütend zu bellen, doch es klingt eher wie eine hustende Maus. Eine Schande ist das! So benimmt sich doch kein echter Hund!

Von Weitem schon sehe ich Mara mit dem Katzenkäfig in der Hand vor unserem Haus stehen. Sie sieht unglücklich aus. Kein Wunder, denn neben ihr steht die dicke Schmitz und erzählt ihr offenbar gerade ihre Lebensgeschichte. Ich höre nur Darm und Galle und merke sofort, dass es noch schlimmer ist, denn es handelt sich um die Krankengeschichte. Weil Mara Jules beste Freundin ist und gerade so traurig guckt, und weil ich die Schmitz nicht mag, laufe ich bellend auf sie zu. Sie kreischt sofort los: „Hilfe! Hilfe! Der Köter will mich beißen!"

Das ärgert mich nun wirklich, schließlich bin ich eine Hundedame und lasse ich mich gar nicht gern Köter schimpfen.

„Rika, aus!" Mara streicht mir beruhigend über den Kopf und sofort kreischt die Schmitz wieder los:

„Passen Se bloß auf, dass der Se nich beißt!"

Hey, ich bin eine D-a-m-e und nicht DER! So höre ich zwar Mara zuliebe mit dem Bellen auf, aber knurre die Schmitz noch ein bisschen an und zeige ihr meine schönen Zähne. Auf die ich übrigens sehr stolz bin – acht Jahre alt und noch strahlend weiß, kein bisschen Zahnstein.

Ob mein Knurren die Frau eingeschüchtert hat oder sie sich plötzlich des eigenen gelben Gebisses schämt, jedenfalls klappt sie endlich ihren großen Mund zu und ist still. Da kommt auch schon Jule angelaufen, den atemlosen Flocke an der Leine hinter sich herziehend, sodass er hoppeln muss wie ein Hase auf der Flucht.

„Was ist denn hier los? Kann man euch nicht einen Moment allein lassen? Rika, dein Fressi gibt's drinnen!"

Sie sieht mich mit gespielter Entrüstung an, aber die kleinen Fältchen um ihre Augen verraten mir, dass sie das Schimpfen nicht wirklich ernst meint. Jule steuert direkt auf die Haustür zu, ohne die Schmitz eines Blickes zu würdigen, schließt auf und schon huschen wir alle hinein: Mara mit dem Katzenkäfig, Jule mit dem heftig hechelnden Flocke, und zuletzt meine Wenigkeit, die noch immer mit einem leisen Knurren beschäftigt ist. Zurück bleibt eine sprachlose Frau Schmitz.

Kaum ist die Tür hinter uns ins Schloss gefallen, fangen Jule und Mara an zu kichern und können gar nicht mehr aufhören. Mara stellt den Katzenkäfig ab und lässt die beiden Kleinen frei. Jule macht Flockes Leine ab, dann sinkt sie mit dem Rücken an der Tür zu Boden. Sitzt da, hält sich den Bauch vor Lachen und hat schon Tränen in den Augen – Lachtränen! Es macht mich glücklich, sie so ausgelassen und fröhlich zu sehen!

Später sitzen wir, die Freundinnen mit uns Hunden, auf der Couch. Die Katzen sind zu zweit plötzlich viel mutiger. Sie toben durchs Haus und spielen Fangen. Die Stimmung ist gelöst. Ich freue mich, dass ich ein gutes Werk getan habe, und genieße es, wenn Mara und Jule mir immer wieder den Kopf streicheln und mit gespielter Entrüstung sagen: „Rika, dein Fressi gibt's drinnen!"

„Doch wie geht's nun weiter mit Schmerbauch, der in Wirklichkeit Liane heißt? Die eine Frau von Mitte vierzig ist, mit tiefer, rauchiger Stimme. Sich als Philipp ausgegeben und auf meinen Anrufbeantworter gesprochen hat." Jule kommt wieder auf das Thema zurück, weswegen wir gerade hier sind und nicht auf dem Land.
„Hast du das Foto gesehen?" Mara schaut Jule fragend an und plötzlich werden beide wieder ernst.
„Klar, an der Wand", bestätigt Jule. „Da stand *Unser Team* und darunter die Namen: Sie heißt Liane Eichenbaum."

Das Foto hätte ich mir auch zu gern angeschaut, um zu wissen, mit wem ich es zu tun habe.

„Die Frau mit den wilden roten Locken, das war sie. Der Name Eichenbaum, dazu noch Liane, das passt ja wirklich", sagt Jule grinsend.

Ah ja, wilde rote Locken, das muss ich mir merken.

„Hihi – Jule Eichenbaum!" Mara fängt schon wieder an, zu kichern.

„Blödi", kichert Jule zurück. „Du hast dir doch auch Hoffnungen auf diesen Manuel gemacht. Wolltest wohl auch `ne Eichenbaum werden." Dabei holt sie das große Telefonbuch unter dem Tisch hervor und blättert suchend darin herum. „Ehrmann ... Eibinger ... Eichenbaum, L.!" Aufgeregt wendet sie den Kopf zu Mara: „Das muss sie sein! Turmstraße 23. Ich weiß, wo das ist."

Die beiden sind sich einig, dass sie Liane Eichenbaum überraschen und zur Rede stellen wollen. Da sie heute frei hat, stehen die Chancen gut, dass Mara und Jule diese Frau zu Hause antreffen.

Wenig später sind wir bereits wieder in der üblichen Sitzordnung mit Maras Auto unterwegs. Diesmal ans andere Ende der Altstadt – in die Turmstraße. Mara hält Ausschau nach einem Schattenparkplatz, damit wir Tiere es nicht zu heiß im Auto haben. Doch warum muss sie ausgerechnet vor einer Metzgerei parken? Bei diesen verlockenden Düften fällt es mir schwer, mich auf unsere Suche zu konzentrieren, und ich hoffe, nicht allzu lange mit Flocke und den beiden Katzenkindern hier im Auto warten zu müssen. Da geschieht ein kleines Wunder. Jule öffnet die Heckklappe und nimmt mich an die Leine. Hurra, ich darf mit! Schwanzwedelnd und fragend zugleich schaue ich sie an und halte dabei den Kopf schief.

Liane Eichenbaum wohnt in einem alten hohen Fachwerkhaus. Es riecht sehr interessant. Hier sind schon viele, viele Menschen gewesen und haben ihre Spuren hinterlassen. Im Erdgeschoss ist ein kleiner Laden, der bunte Tücher, seidene Kissen und lauter seltsame Figuren und Lampen anbietet. Im Hausflur riecht es sehr stark nach Katze. Darum bin ich mir sicher, dass wir auf der richtigen Spur sind. Eine schmale Treppe führt hinauf. Wir laufen bis ganz nach oben, denn Liane wohnt im Dachgeschoss. Hier ist der Katzengeruch noch viel intensiver. Neben der einzigen Tür hängt ein Klingelschild, auf dem kein Name geschrieben steht, sondern ein Eichenbaum gemalt ist. Sehr schön, das kann sogar ich lesen.

„Sehr originell", bemerkt Mara und drückt auf den Klingelknopf. Wir hören es hinter der Tür läuten, einmal, zweimal, dreimal. Mehr passiert nicht. Niemand öffnet uns.

„Mist!" Jule schiebt enttäuscht die Unterlippe vor. „Ich hätte so gern ihr Gesicht gesehen, wenn wir ihr auf den Kopf zusagen, dass sie die Katzen vor unsere Türen gesetzt hat."

„Vielleicht weiß unten im Laden jemand, wo Liane ist oder wann sie wiederkommt", gibt Mara sich optimistisch. „Ansonsten ist morgen auch noch ein Tag."

Als wir den Laden betreten, werden Mara und Jule sofort von einer kleinen alten Dame mit winzigen grauen Löckchen begrüßt. Sie trägt ein dunkles Wollkostüm, das an den Ärmeln und am Rocksaum mit kleinen Eulen bestickt ist, die mit großen Augen in die Welt gucken. Das sieht lustig aus. Die Dame stellt sich als Fräulein Kossmehl vor, streicht mir sanft über den Kopf und fragt: „Wie heißt sie denn?"

Oh, ich mag alte Damen, die mir liebevolle Aufmerksamkeit schenken!

Fräulein Kossmehl freut sich sehr über unseren Besuch und sagt: „Tierfreunde sind bei mir immer herzlich willkommen. Nehmen Sie doch Platz." Und, noch besser: „Schauen Sie sich um in meiner kleinen Galerie. Darf ich Ihnen einen Tee anbieten? Und für die Hundedame ein Schälchen Wasser?"

Ich wedele voller Freude über so viel Beachtung mit dem Schwanz und lasse Fräulein Kossmehl nicht mehr aus den Augen. Auch Jule und Mara gefällt es hier. Sie bestaunen die ausgestellten Waren und machen sich immer wieder gegenseitig auf neue Entdeckungen aufmerksam. Die alte Dame erklärt ihnen freundlich, dass dies eigentlich kein Laden, sondern eher eine Galerie für Tierfreunde sei. Und wirklich, jedes einzelne Stück hat etwas mit Tieren zu tun. Die seidenen Kissen sind bestickt mit Hunden, Katzen oder Pferden. Es gibt eine Lampe, die zunächst ganz unscheinbar aussieht und einen kleinen Schalter an der Seite hat. Jule spielt aus Neugier daran herum, worauf die Lampe plötzlich aufleuchtet wie der Vollmond, der von Vogelschwärmen umkreist wird. Aus Stein gehauene kleine Löwen stehen friedlich neben hölzernen Rehen im Regal.

Als Jule endlich nach Liane fragt, weiß Fräulein Kossmehl nur Gutes über sie zu berichten. Ja, sie schwärmt regelrecht von ihr. „Die Liane ist eine gute Seele. So lieb zu den Tieren. Im Tierheim kümmert sie sich rührend um all die armen Geschöpfe. Ja, sie bringt es immer wieder fertig, ein neues Zuhause für so ein von Gott geschaffenes Wesen zu finden."

Ich sehe, wie Mara den Mund öffnet, um etwas zu sagen, doch Jule knufft sie vorsichtig in die Seite, und Mara bleibt zum Glück still.

„Liane hat dieses Wochenende frei. Sicherlich ist sie wieder unterwegs und sucht liebevolle Menschen, die bereit sind, ein armes Tier bei sich aufzunehmen. Da ich auch hier im Haus wohne, schau ich dann immer mal nach ihren Katzen. Ach, Katzen sind die dankbarsten Geschöpfe", fährt die alte Dame fort. „Und", mit einem Seitenblick auf mich, „Hunde natürlich auch. Was wollen Sie denn von Liane?"

„Och, es geht um eine Katze", mogelt sich Mara ein wenig um die Wahrheit herum.

Fräulein Kossmehl ist hellauf begeistert: „Sie hätten auch gern eine Katze? Das ist ja wunderbar, da sind Sie bei Liane und mir genau richtig!" Sie klatscht vor Begeisterung in die Hände. „Ganz sicher können wir etwas für Sie tun. Ich selbst sammle ja die Findelkinder ein, müssen Sie wissen. Kaum zu glauben, von wo ich die Kleinen schon gerettet habe. Vor zwei Wochen lagen in der stillgelegten Fabrik tatsächlich fünf Katzenkinder in einem alten Heizkessel."

Dann war sie es also, die Willy, Frieda und deren Geschwister gefunden hat. Doch es scheint, als wüsste die alte Dame nicht, auf welche Weise Liane die Katzen bei Tierfreundinnen einquartiert. Und Mara und Jule erzählen es ihr auch nicht, zumindest heute noch nicht. Ich vermute, sie wollen erst mit Liane sprechen und von ihr erfahren, warum sie solche Tricks anwendet, um die Katzen unterzubringen. Ein schlechter Mensch scheint Liane nicht zu sein, da wir von allen nur Gutes über sie hören.

Bevor wir gehen, kauft Jule noch einen kleinen Seehund aus Jade. Sie liebt Seehunde, weil sie so putzig sind. Na, ich bin froh, dass diese Tiere nicht im Haus gehalten werden können! Sonst hätte Jule sich womöglich einen Seehund geholt und nicht mich. Die beiden Freundinnen verabschieden sich von der alten Dame und versprechen, am Sonntagabend wiederzukommen.

Den Rest des Wochenendes verbringen wir dann wie gewohnt ganz entspannt bei Mara auf dem Land. Wir sind fast nur draußen. Endlich habe ich Zeit, über die große Wiese zu toben, Schwalbenschatten zu jagen und mich abwechselnd von Mara und Jule kraulen zu lassen. Warum jeder Mensch zwei Hände hat, ist mir in diesen kuscheligen Momenten völlig klar – damit sie einem Hund den Bauch und den

Hals gleichzeitig streicheln können. So habe ich es am liebsten, und wenn ich könnte, würde ich dabei ähnlich schnurrende Wohlfühllaute von mir geben, wie die Katzen es tun, wenn es ihnen so richtig gut geht. Willy und Frieda wechseln vom im Gras spielen über gestreichelt werden zum im Gras schlafen. In der Nacht kriechen sie zu mir ins Körbchen und kuscheln sich ganz dicht an meinen Hundebauch. Ah ... das fühlt sich gut an!

Am Sonntag ziehen nach unserem späten Gartenfrühstück dunkle Wolken auf, und gegen Mittag gibt es ein heftiges Gewitter. Die Katzenkinder fürchten sich vor dem Donner und kommen schon wieder zu mir ins Körbchen gekrochen. Ich fühle mich langsam wirklich wie ihre Ersatzmama und bin sogar ein bisschen stolz, dass sie so viel Zutrauen zu mir haben. Sie wissen eben nicht, dass ich eigentlich eine gefürchtete Katzenjägerin bin.
Nach dem Gewitter hat sich die Luft sehr abgekühlt und die Wiese riecht ganz anders als vorher. Schnell drehe ich noch ein paar Runden und sammele Dufteindrücke, bevor wir wieder nach Hause fahren. Heute Abend geht es ausnahmsweise nicht mit dem Zug zurück, sondern mit Mara im Auto, weil wir erneut versuchen wollen, mit Liane zu reden.

Mara parkt wieder vor der Metzgerei. Sie weiß ja nicht, welcher Folter sie mich damit aussetzt. Auch wenn der Metzgerladen heute geschlossen ist, strömen die verlockenden Düfte doch von allen Seiten wie unsichtbare Geister auf meine empfindliche Hundenase ein. Ich kann jeden einzelnen Metzgerladen unserer Stadt am Duft erkennen und unterscheiden! Bei diesem, Metzger Krumm, überwiegt das betörende Aroma von Leberwurst und frischen Wienern. Doch bevor ich zu sehr ins Schnüffeln und Schwärmen gerate, sind wir glücklicherweise flotten Schrittes auf dem Weg zur Turmstraße. Wir müssen dafür nur um zwei Straßenecken laufen.

Die Galerie ist, wie der Metzgerladen, am Sonntagabend geschlossen. Wir steigen die schmale Treppe empor bis ins Dachgeschoss. In der zweiten Etage stupst Jule Mara an und deutet auf ein Türschild.

„Karoline Kossmehl", liest Mara laut vor.

Aha. Dort muss die freundliche alte Dame wohnen. Jule und Mara wollen ihr auf dem Rückweg den versprochenen Besuch abstatten. Im Treppenhaus riecht es heute natürlich wieder nach Katze. Aber irgendwie hab ich auch immer noch den leckeren Leberwurstgeruch vom Metzger Krumm in der Nase.

„Schau mal." Mara deutet auf Lianes Wohnungstür. „Die ist nur angelehnt."

„Gutes Zeichen", antwortet Jule, „dann ist sie da, und wir können endlich mit ihr reden."

Entschlossen drückt sie auf den Klingelknopf, während ich meine Nase bereits in den Türspalt zwänge und eifrig schnüffele, was uns dahinter wohl erwarten mag. Mir springt ein buntes Durcheinander von Gerüchen in die Nase: Katze, verbrauchte Luft, Haarspray, Metzger Krumms Leberwurst und ... und?

Aufgeregt bewege ich meine Schnüffelnase hin und her, und dann passieren mehrere Dinge gleichzeitig.

Da niemand öffnet, drückt Mara langsam die Tür auf. Jule macht einen vorsichtigen Schritt in die Wohnung und schreit entsetzt auf.

Und mir fällt ein, was für ein Geruch das ist, der hier ebenfalls in der Luft hängt und umso stärker wird, je mehr die Tür sich öffnet. So riecht der Tod.

Kapitel 4 Tatort

Gleich hinter der Wohnungstür gibt es einen kleinen Flur, an den sich direkt die Küche anschließt, wie man von hier aus sehen kann. Das Küchenfenster ist geschlossen, die Luft in der Wohnung stickig. Mit dem Oberkörper im Flur und den Füßen in der Küche liegt ein Mensch am Boden. Die Füße stecken in Turnschuhen, der Körper ist mit einem weiten grauen Jogginganzug bekleidet. Es sieht aus, als wäre dieser Mensch gerade vom Sport gekommen. Oder, besser gesagt, diese Frau. Denn den wilden roten Locken nach zu urteilen, muss es Liane sein. Jule und Mara stürzen sofort zu ihr hin, beugen sich hinab und rufen: „Liane? Hallo, geht es Ihnen nicht gut?"
Traurig beobachte ich die Szene und knurre leise vor mich hin. Die beiden brauchen sich keine Mühe mehr zu geben, Liane ist tot, mausetot sozusagen. Nur können Menschen das so früh noch nicht riechen, sondern erst später, wenn die Verwesung einsetzt.

Während Jule und Mara Liane vorsichtig vom Rücken auf die Seite drehen, nähere auch ich mich und schnüffele an der Leiche. Sie kann noch nicht lange tot sein, denn sie ist noch warm. Und da ist er ganz deutlich, der Leberwurstgeruch vom Metzger Krumm! Aufgeregt belle ich diese wichtige Erkenntnis Jule zu, doch sie versteht mich nicht und ruft nur tadelnd: „Rika. Aus!"
Mara deutet auf Lianes Hals und sieht Jule mit weit aufgerissenen Augen an.
„Das sind Würgemale, oder?"
Maras Hand tastet vorsichtig Lianes Hals ab. „Ist sie etwa ... tot? Kein Pulsschlag zu spüren. Wir sollten ganz schnell Polizei und Notarzt rufen."

Jule ist kreidebleich, dennoch hat sie bereits ihr Handy in der Hand und tippt mit zitternden Fingern die 110.

Weil sie telefoniert und die ebenso erschrockene Mara dicht neben ihr steht und zuhört, bin ich wohl die Einzige, die das leise Maunzen hört, das aus der Küche kommt.

Ich belle leise, als Jule mit Telefonieren fertig ist, und ziehe gleichzeitig an der Leine in Richtung Küche.

„Rika, nein!" Jule will mich zurückhalten, doch Mara hat nun auch etwas gehört und meint nur: „Lass sie mal."

Einen Augenblick später sehen wir es.

Ein kleines Kätzchen, ähnlich getigert wie Frieda und Willy, aber in einem noch viel stärker leuchtenden Goldton. Das Kleine ist völlig verängstigt und huscht unter ein niedriges Regal, in dem Schüsseln und Pfannen stehen.

„Na komm, du Süße, hab keine Angst", lockt Jule das Tierchen und kniet schon neben Mara am Boden. Ich möchte mithelfen und stecke schnüffelnd meinen Kopf unter das Regal. Dort hockt eindeutig eine kleine Schwester von Willy und Frieda. Das sagt mir meine Nase, während ich meinen Kopf immer weiter vorschiebe. Dabei stoße ich gegen eine Pfanne, die scheppernd zu Boden fällt. Rums!

Im selben Moment schießt das erschrockene Kätzchen wieder unter dem Regal hervor. Geistesgegenwärtig kann Jule es packen. Sie nimmt das Kleine vorsichtig auf den Arm, streichelt es sanft und flüstert liebevolle beruhigende Worte in seine Katzenöhrchen. Es tut den beiden Freundinnen gut, sich um das Kätzchen kümmern zu können. Das lenkt sie von dem traurigen Fund im Flur ab.

Kurze Zeit später kündet immer lauter werdendes Tatütata den Notarzt an. Mit schnellen Schritten kommt eine junge Ärztin die Treppe hinaufgehastet, gefolgt von zwei Rettungssanitätern. Mara,

Jule und ich haben uns auf den Hausflur zurückgezogen, um ihnen Platz zu machen. Die Ärztin hat kurze schwarze Haare und ein sehr zartes Gesicht. Sie sieht gar nicht aus wie jemand, dem fast täglich der Tod begegnet. Sondern eher wie eine von den Studentinnen, die im Sommer im Stadtpark barfuß auf der Wiese liegen und mich manchmal sogar streicheln. Geschickt prüft die Ärztin Puls und Atmung und streicht vorsichtig mit den Fingern über die Würgemale. Dann sieht sie uns traurig an.

„Es tut mir leid, sie ist tot. Sind Sie mit der Frau verwandt?" Mara erklärt, dass wir nur zufällig wegen einer Katze vorbeigekommen seien und die Tür offen gestanden habe.

Jule schaut immer noch fassungslos auf die tote Liane.

„Das hat sie nicht verdient", flüstert sie. „Sie war bestimmt ein guter Mensch."

Zwei uniformierte Polizisten kommen ebenfalls heraufgeeilt. Langsam wird es ziemlich eng hier oben im Flur. Ich verstecke mich, so gut ich kann, hinter Mara und Jule, denn vor der Polizei habe ich einen tierischen Respekt. Sie können einen Hund, wenn er allein unterwegs ist, einfach mitnehmen und im nächsten Tierheim abliefern. Und dort will ich auf gar keinen Fall wieder hin.

Kaum hören die Polizisten von der Ärztin, dass die Frau tot ist und wahrscheinlich sogar erwürgt wurde, werden sie hektisch. Der Ältere verlangt von allen Anwesenden, vor der Wohnungstür zu warten, um keine Spuren zu verwischen. Wir sollen uns nicht vom Fleck bewegen, bis die Mordkommission eintrifft. Sein Kollege telefoniert hastig.

Inzwischen kommt auch Fräulein Kossmehl auf leisen Sohlen die Treppe herauf und stöhnt entsetzt auf, als sie Liane so da liegen sieht.

Fragend sieht sie die beiden Freundinnen an und flüstert: „Mein Gott, was ist denn passiert? Die arme Liane, ist sie etwa ...?"

Ich glaube, sie traut sich nicht, das Wort tot auszusprechen, weil es so endgültig klingt. Jule nickt nur stumm und Mara legt tröstend den Arm um die alte Dame, als sie sieht, wie ihr die Tränen in die Augen schießen.

Wie lange wir so da stehen, weiß ich nicht. Die Menschen treten vorsichtig von einem Fuß auf den anderen, und ich habe mich in eine Lücke zwischen diesen Füßen auf den Boden gelegt. Hunde sind viel geduldiger als Menschen, wenn irgendwo gewartet werden muss. Irgendwann stapfen wieder kräftige Schritte die Treppe hinauf, die zu zwei Kriminalbeamten gehören. Ein großer, dicker Mann mit Halbglatze stellt sich als Hauptkommissar Patullek vor. Sein kleiner, schmächtiger Kollege sagt zunächst einmal gar nichts. Jule stupst Mara vorsichtig an und raunt ihr ins Ohr: „So wie diesen Patullek hab ich mir Schmerbauch vorgestellt."

Obwohl die Notärztin mit den beiden Sanitätern nun wieder fort ist, drängen sich jetzt insgesamt sieben Menschen, ein kleines Kätzchen und ein Hund auf dem winzigen Hausflur vor der Dachgeschosswohnung. Ich bekomme kaum noch Luft und hechele vor mich hin. Einerseits wünsche ich mich jetzt auf die Wiese an die frische Luft, andererseits finde ich es sehr spannend, bei einem echten Mordfall dabei zu sein. Solche Sachen kenne ich bisher nur aus dem Fernsehen, wenn Jule und ich am Sonntagabend Tatort schauen. Hoppla, jetzt ist es Sonntagabend! Tatort live! Ich kann nicht anders, ich muss vor lauter Aufregung einmal kurz bellen. Oh je, jetzt hab ich mich verraten ...

„Was macht denn, verdammt noch mal, ein Hund am Tatort?" Der Hauptkommissar sieht sich um, entdeckt das Katzenkind auf Jules Arm und schaut sie grimmig an.

„Ähm, das ist eine Katze", korrigiert Jule ihn.

Patullek scheint mit dieser Erklärung gar nicht zufrieden zu sein. Seine Antwort geht allerdings in einem heftigen Niesanfall von Mara unter, die gerade unsanft an ihre Katzenallergie erinnert wird.

„So kann ich nicht arbeiten!" Der Kommissar ist wütend. Er schickt uns alle mit den beiden uniformierten Polizisten nach unten, wo unsere Personalien aufgenommen werden und wir auf ihn warten sollen. Nur die beiden Kommissare bleiben am Tatort zurück. Ich höre noch, dass sie auf die Spurensicherung warten.

Wir versammeln uns in der Wohnung von Fräulein Kossmehl. Als wir eintreten, flüchten drei große Katzen mit ärgerlichem Miauen vor uns her, den Flur entlang, ins Wohnzimmer. Dort kauern sie oben auf einem großen Schrank, schauen auf die vielen fremden Menschen herab und maunzen ab und zu. Das klingt gar nicht freundlich, sondern eher übellaunig. Ein leises Bellen meinerseits genügt allerdings, und es ist Ruhe da oben. Gut so.

Fräulein Kossmehl ist eine echte Tierfreundin. Sogar ich darf hier auf dem Sofa sitzen. Die alte Dame kocht für alle Pfefferminztee, der beruhigend wirken soll, und wuselt aufgeregt hin und her. Trotzdem nimmt sie sich ab und zu einen winzigen Moment Zeit, um mir über den Kopf zu streichen. Jule hat sich wieder etwas gefasst, hält das kleine Kätzchen immer noch auf dem Arm und streichelt mich mit der anderen Hand. Wenn der Anlass nicht so traurig wäre, würde ich mich über diese viele Streichelei sehr freuen. Die Polizisten sind höflich und freundlich. Einer von ihnen notiert die Namen aller Anwesenden und zieht nur kurz verwundert eine Augenbraue hoch, als Jule mich als Rikarda vorstellt. Doch er schreibt auch meinen Namen auf. Ich wedele vor Freude mit dem Schwanz und komme mir sehr wichtig vor, denn ich bin nun Zeuge in einem Mordfall. Danach sitzen wir schweigend beieinander und warten auf Hauptkommissar Patullek. Jeder scheint auf seine Weise in Gedanken bei der toten Liane zu sein.

Der jüngere Polizist streicht mir über den Kopf, sieht Jule an und meint: „Einen schönen Hund haben Sie da."
Oh, das höre ich gern. Vor ihm habe ich fast keine Angst mehr. Plötzlich klingelt es und gleichzeitig klopft jemand energisch und ungeduldig. Fräulein Kossmehl huscht erschrocken zur Tür, um zu öffnen. Im nächsten Moment wird sie von Patullek einfach beiseitegedrängt, als er ins Wohnzimmer stürmt. Die drei großen Katzen springen vor Schreck vom Schrank und flüchten in die Küche.

„Habt ihr alle Personalien?", wendet er sich an die beiden Uniformierten. Als diese nicken, ist der Hauptkommissar schon wieder auf dem Weg nach draußen. Aber er ruft im Weggehen noch: „Okay, dann will ich Sie alle morgen früh um 9 Uhr im Präsidium sehen. Zimmer 454. Pünktlich!"
Ich knurre leise vor mich hin. Den Hauptkommissar mag ich ganz sicher nicht!

„Tut mir leid." Es ist dem jüngeren Polizisten anzusehen, dass ihm Patulleks Auftritt peinlich ist. „Wir müssen dann auch gehen. Hat mich gefreut", setzt er noch hinzu, als er Jule die Hand reicht. Kann es sein, dass er ihr dabei einen Augenblick zu lange in die Augen schaut? Oder muss er das tun, weil er Polizist ist? Jule ist noch ganz verwirrt und will ebenfalls gehen, aber Fräulein Kossmehl hält sie zurück: „Bleiben Sie beide doch noch einen Augenblick, bitte."

Jetzt fällt die ganze Anspannung von den drei Frauen ab und Jule fängt leise an, zu weinen. Die Ärmste, das war einfach zu viel Aufregung. Mara nimmt sie in den Arm, doch nun beginnt auch Fräulein Kossmehl zu schluchzen. Oh je, das kann ich nicht stumm mit ansehen, und so hebe ich meinen Kopf und lasse ebenfalls ein klagendes Heulen ertönen.

„Ach Gott, was mach ich denn nun mit euch Dreien?" Mara scheint im ersten Moment mit uns Heulsusen überfordert zu sein. Sie blickt in die Runde, entscheidet dann, Tee nachzuschenken und zaubert für mich ein paar Hunde-Knusperkekse hervor. So sind plötzlich alle beschäftigt und beruhigen sich wieder. Ich bewundere Mara und ihre klugen Ideen!

Fräulein Kossmehl rutscht unruhig in ihrem großen Ohrensessel hin und her. Hinter ihr steht die Tür zur Küche offen, und ich kann die drei großen Katzen sehen und riechen, wie sie dort vorsichtig unter dem Küchentisch hervorspähen. Sie trauen sich nicht heraus, haben Angst vor mir. Sollen sie ruhig, schließlich bin ich ein Jagdhund. Willy und Frieda sind etwas Besonderes, die habe ich bereits in mein Herz geschlossen. Doch das ändert nichts an meiner Grundeinstellung Katzen gegenüber.

Die alte Dame erkennt in dem Kätzchen aus Lianes Wohnung ebenfalls ein Geschwisterchen von Willy und Frieda.

„Ach", seufzt sie, „die kleine Süße ist das letzte der fünf Geschwister. Liane wollte sie heute noch zu ihrer neuen Besitzerin bringen. Ich war so froh, dass alle ein neues Zuhause gefunden haben. Arme, arme Liane, armes Kätzchen." Jule und Mara sehen sich kurz an und verständigen sich stumm, dass es genug Aufregung für heute war und sie Fräulein Kossmehl lieber noch nichts von der Art und Weise erzählen wollten, wie Liane für die Kätzchen ein neues Zuhause gefunden hatte.

„Schau'n Sie doch nur, die Kleine liebt Sie", deutet die alte Dame auf das Kätzchen, das sich in Jules Schoß zusammengerollt hat und unbehelligt von all der Unruhe der letzten Stunden friedlich schläft.

Alarm!, tönt es in meinem Hundekopf. Aufgepasst, Jule!

Doch zu spät, sie nickt bereits und meint: „Auf ein Kätzchen mehr kommt es nun auch nicht mehr an. Ich könnte Goldy mit zu mir nehmen."

Autsch! Zu spät. Ich sehe mich schon mit drei kleinen Kätzchen in meinem Hundekörbchen liegen. Und was, bitte, passiert, wenn die drei größer werden? Muss ich mir dann vielleicht einen neuen Schlafplatz suchen?

„Oh, wie lieb!", ruft die alte Dame, umarmt die überraschte Jule und schaut sie dabei dankbar an. „Ach, da bin ich aber froh. Die Kleinen liegen mir wirklich sehr am Herzen, aber ich hab doch selbst schon drei Katzen."

Mir scheint, als wollte sie noch etwas sagen, was ihr ebenfalls auf der Seele liegt, aber sie schweigt.

„Wir müssen nun auch gehen", drängt Jule zum Aufbruch. „Morgen früh sehen wir uns ja auf dem Präsidium."

„Pünktlich!", ahmt Mara Patulleks Tonfall nach und erhebt sich ebenfalls.

Beim Einsteigen vor der Metzgerei Krumm erinnert mich der Leberwurstgeruch wieder daran, dass es auch in Lianes Wohnung so roch. Dass Liane so roch. Mein kleines Hundehirn fragt sich, was das wohl zu bedeuten hat. Ob Liane kurz vor ihrem Tod noch ein Leberwurstbrot gegessen hat? Aber sie roch gar nicht so sehr am

Kopf danach, sondern irgendwie überall. Als wenn jemand eine Leberwurst über ihren Körper gerieben hätte. Das tut doch kein Mensch, jedenfalls keiner, den ich kenne. Hm ... Leberwurst. Ganz, ganz selten, wenn Jule es besonders gut mit mir meint, gibt sie mir ein winziges Stückchen Brot mit Leberwurst darauf. Sie meint, mehr würde meinem Hundebauch nicht bekommen. Vielleicht hat sie recht, aber so ein bisschen Bauchweh würde ich schon ertragen, der Leberwurst zuliebe.

Kapitel 5 Bei der Polizei

Diesmal übernachten Mara und Flocke bei uns, damit wir am nächsten Morgen gemeinsam – pünktlich! – bei Patullek im Büro erscheinen können. Wir sind alle ziemlich geschafft von den Aufregungen des Tages. Zwar höre ich Mara und Jule leise im Wohnzimmer diskutieren, ob sie Patullek morgen die ganze Wahrheit über Liane und die Katzen sagen sollen, doch mir fallen die Augen zu. Ganz undeutlich bekomme ich noch mit, dass sich wieder ein kleines Katzenkind an meinen Bauch kuschelt. In dieser Nacht träume ich von riesigen Leberwürsten. Himmlisch!

Das Blubbern und Glucksen der Kaffeemaschine weckt mich aus einem tiefen, traumlosen Schlaf und, wie erwartet, liegen alle drei Kätzchen bei mir im Körbchen. Ich bin und bleibe wohl die Ersatzkatzenmutter und hoffe nur, dass die restlichen Geschwister nicht auch noch bei uns auftauchen.

Das Polizeipräsidium im Stadtzentrum ist ein imposantes Gebäude aus roten Steinen, gar nicht weit vom Stadtpark und vom Tierheim entfernt. Wir fahren auf den riesigen Parkplatz direkt vor dem roten Haus. Hier stehen neben vielen gewöhnlichen Autos auch einige Polizeifahrzeuge, wie ich an den Blaulichtlampen auf ihren Dächern erkenne. Ein bisschen Bedenken habe ich ja, ob Jule mich wirklich mit in Patulleks Büro nimmt. Ich war noch nie im Polizeipräsidium, bin ganz aufgeregt und fange an zu fiepen, kaum dass Maras Auto anhält. Meine Angst ist unbegründet, Jule streichelt mich beruhigend, nimmt mich an die Leine und wir marschieren los. Flocke wartet im

Auto, was bedeutet, dass er die ganze Zeit schlafen wird. Die Katzenkinder hat Jule zu Hause gelassen, wo sie hoffentlich keinen Unsinn machen werden.

Gleich hinter der ersten großen Tür gibt es eine Art Pförtnerkabine, in der zwei uniformierte Polizisten sitzen und streng gucken. Sie fragen, wer wir sind und wohin wir wollen. Mara und Jule antworten ihnen freundlich, und in diesem Moment kommt auch Fräulein Kossmehl hinzu. Sie ist ziemlich aufgeregt und sehr froh, uns hier schon zu treffen.

„Allein würde ich mich in dem riesigen Gebäude sicher verlaufen", murmelt sie.

Die alte Dame hat wieder eines ihrer Strickkostüme an – diesmal allerdings sind kleine Elefanten draufgestickt. Langsam glaube ich, bei Fräulein Kossmehl im Kleiderschrank sieht es ähnlich aus, wie in ihrem Laden – jedes Teil ist mit etwas Tierischem verziert. Ihr müssen Tiere wirklich sehr wichtig sein. Ihre grauen Löckchen wackeln, während sie mit kleinen Tippelschritten neben Mara und Jule zum Aufzug läuft. Mir gefällt, dass wir dort noch ein wenig warten müssen, denn die alte Dame streicht mir immer wieder sanft über den Kopf und flüstert: „Braves Mädchen."

Das scheint uns beide zu beruhigen, und so schaue ich sie freundlich schwanzwedelnd an, als Zeichen, dass ich sie verstehe.

Nicht, dass ich ein ängstlicher Hund wäre, nein, schließlich gehöre ich zur Rasse der Jagdhunde. Aber wenn wir, kaum dass wir Patulleks Kriminalisten-Büro betreten, mit einem grimmig gebrüllten *Himmelherrgottnochmal, wer hat denn gesagt, dass Sie den Köter mitbringen sollen!*, begrüßt werden, dann erschrecke ich mich doch. Ängstlich blicke ich zu Jule hoch und kann mich nicht entscheiden, ob ich vor Schreck bellen, knurren oder vielleicht doch vor Angst winseln soll. Sie ist genauso erschrocken wie ich und schaut den unhöflichen Mann ganz entsetzt an. Fräulein Kossmehl rettet die Situation, indem sie flötet: „Guten Morgen, Herr Hauptkommissar, wie Sie sehen, sind wir ALLE da, nur die kleine Katze haben wir zu Hause gelassen, wenn's recht ist. Der Hund war doch dabei, als die Leiche gefunden wurde, vielleicht ist er ein wichtiger Zeuge?" Dabei lächelt sie den Herrn Patullek überaus freundlich an und legt den Kopf mit den kleinen Löckchen schief, so wie ich es manchmal tue, wenn ich nachdenke.

Patullek ist einen kurzen Moment sprachlos, dann hebt er resignierend die Hand und bekommt tatsächlich ein Tut mir leid, ich war wohl etwas heftig! über die Lippen. Ich würde am liebsten von einem Ohr zum anderen grinsen, wenn ich nur könnte, denn jetzt schaut die alte Dame verschwörerisch zu mir und blinzelt mir mit einem Auge zu. Tatsächlich, wir verstehen uns!

Der Hauptkommissar möchte zunächst mit Jule, Mara (und mir) sprechen und bittet Fräulein Kossmehl, auf dem Flur zu warten. Die beiden Freundinnen müssen ihm dann ganz genau schildern, wie sie Liane Eichenbaum gefunden haben. Patullek schreibt eifrig mit, obwohl, wie ich sehen kann, im Hintergrund ein Tonbandgerät läuft, das jeden Ton aufzeichnet. Kenne ich aus dem Tatort. Fast scheint die Befragung beendet, denn Patullek legt Block und Stift auf dem Tisch ab, lehnt sich in seinem Schreibtischstuhl zurück und fragt ganz beiläufig: „Was wollten Sie eigentlich von Frau Eichenbaum?"
Jule und Mara tauschen einen kurzen Blick, ein Nicken, und dann beginnt Jule, zu erzählen. Von Anfang an, wie sie Philipp über das Internet kennengelernt hat und kurze Zeit später Willy vor ihrer Tür fand. Nun übernimmt Mara das Wort und berichtet von ihrer

Onlineunterhaltung mit Manuel und dem Karton mit Frieda. Der Kommissar sitzt da, schaut die beiden Freundinnen an, als würden sie chinesisch reden, räuspert sich zwischendurch mehrmals, kratzt sich am Kinn, aber er unterbricht sie nicht. Als die Erzählung an die Stelle kommt, wie Mara und Jule im Tierheim erfahren haben, dass Liane den Anrufbeantworter mit ihrer tiefen, rauchigen Stimme besprochen hat, sagt Patullek kurz Stop!, worauf Mara verstummt und ihn mit großen Augen ansieht.

„Habe ich das jetzt richtig verstanden? Sie wollen mir weismachen, dass der Mord an Frau Eichenbaum etwas mit ein paar Katzenkindern zu tun haben könnte?"

„Wir wollen Ihnen gar nichts weismachen. Sie haben gefragt, warum wir bei Liane waren, und die Wahrheit ist, dass wir sie zur Rede stellen wollten, warum sie uns mit dem miesen Trick über dieses Onlinedating die Katzen untergeschoben hat." Mara ist echt sauer.

„Was Sie mit dieser Information anfangen, ist Ihre Sache."

„Es waren ja immerhin fünf Katzenkinder", erklärt Jule dem Hauptkommissar. „Könnte es nicht sein, dass noch jemand so unverhofft zu einem Kätzchen kam und Frau Eichenbaum zur Rede stellen wollte, genau wie wir. Und dann kam es zum Streit, bei dem Liane ..."

„Das Ermitteln überlassen Sie mal lieber der Polizei", unterbricht Patullek nun schon wieder. „Obwohl Sie es uns durch Ihr Rumgetrampel am Tatort wirklich nicht einfacher gemacht haben." Er wird schon wieder zornig. Nun steht er auf, was wohl zeigen soll, dass die Befragung beendet ist und wir nach Hause gehen können. Doch da haben wir uns zu früh gefreut.

„Ich brauche von jeder von Ihnen die Fingerabdrücke. Das macht mein Kollege nebenan."

Jule ist schon wieder ganz blass. „Sie verdächtigen doch nicht etwa uns?"

„Wen ich verdächtige, werde ich Ihnen sicher nicht auf die Nase binden", gibt Patullek gewohnt unfreundlich zurück. „Nur ist der Tatort voller Spuren, und da müssen wir erst einmal sortieren."

Ich kann mir ein lautes Bellen nicht verkneifen. Bevor der Hauptkommissar das Tonband anhält, muss ich einfach einmal meine Meinung sagen. So ist wenigstens von mir auch eine Aussage auf dem Band, die beweist, dass ich bei der Befragung dabei war.

Im Nebenraum sitzt der kleine Beamte, der gestern mit Patullek zusammen in Lianes Wohnung kam. Er stellt sich als Kriminalobermeister Weißmüller vor.

„Aber nicht Johnny, sondern Johannes, haha", versucht er, die Situation zu entkrampfen. Weißmüller hat Patulleks Gepolter mitbekommen und sieht die beiden Freundinnen mitleidig an:

„Glauben Sie mir, er meint das nicht so. Eigentlich ist er ein gutmütiger Mensch. Er kann das nur nicht so zeigen."

Mara lacht: „Nee, das versteckt er wirklich sehr gekonnt."

Jule ist immer noch nicht nach Lachen zumute. Sie tut sich schwer damit, dass ihre Fingerabdrücke genommen werden sollen. „Wie bei einem Schwerverbrecher", seufzt sie bedrückt.

Doch Weißmüller beruhigt sie und erklärt, dass diese Fingerabdrücke wirklich nur zu Vergleichszwecken genommen und am Ende der Ermittlungen wieder gelöscht würden.

Ich finde das alles wahnsinnig spannend und fühle mich wie mitten im Sonntagabend-Krimi. Es wird dann noch ganz lustig, als der Kriminalobermeister mich fragend anschaut: „Seine Fingerabdrücke brauchen wir ja wohl nicht, oder?"

Ich bin empört. Ich bin eine *Sie* und nicht der Hund! Und außerdem sollte ich zur Befragung mitkommen, jetzt will ich auch, dass ich im

Protokoll – oder wie das heißt – auftauche. So stupse ich den Beamten vorsichtig mit meiner Schnauze an, worauf er lachend Jule bittet, ein paar Haare von mir als Probe nehmen zu dürfen.

„Man weiß ja nie", meint er zum Schluss, und nun bin auch ich zufrieden.

Vor dem Büro warten wir auf Fräulein Kossmehl, die schon kurze Zeit später erschöpft aus Weißmüllers Büro kommt.

„Ach, ich kam mir vor, wie eine Verbrecherin. Fingerabdrücke! Ich bin bald 75, aber ich musste noch nie meine Fingerabdrücke abgeben. Und ich sollte schon längst meine Galerie geöffnet haben", jammert sie weiter.

So kommt es, dass Mara sich anbietet, Fräulein Kossmehl schnellstens in die Turmstraße zu fahren, während Jule mit Flocke und mir durch den Stadtpark nach Hause läuft. Die Gelegenheit lasse ich mir natürlich nicht entgehen und flitze zum Tierheim, um Nino die aufregenden Neuigkeiten zu berichten.

Hier hat sich die Nachricht von Lianes Tod bereits herumgesprochen und alle, Mitarbeiter und Tiere, sind in gedrückter Stimmung. Ausführlich berichte ich Nino vom gestrigen Abend und meinem Besuch bei der Polizei heute Morgen. Nino nickt traurig und erzählt mir dann, dass es noch einen weiteren Grund gibt, weshalb hier heute alle mit traurigen Gesichtern herumlaufen.

Letzte Nacht wurde im Tierheim eingebrochen! Jemand hat die Außentür aufgehebelt, die direkt ins Büro führt und dort alles durchwühlt. Nino bekam mit, wie Paula die Polizei deswegen anrief, worauf zwei Beamte kamen und Fragen stellten. Anscheinend wurde nichts gestohlen. Paula hat nur fürchterlich über das Chaos geschimpft, dass der oder die Täter hinterlassen haben. „Geld ist hier keines zu holen", sagte sie zu den Beamten. „Tiere wurden auch nicht gestohlen. Es ist einfach nur ärgerlich."

Ein winziges Detail ist Nino aufgefallen, das er sich nicht erklären kann. Als die Polizei wieder fort war und Paula begann, das Büro aufzuräumen, schlich mein Freund an seinen gewohnten Platz unter Paulas Schreibtisch. Und dort lagen fremde Haare auf dem Boden, eindeutig von einem Schäferhund. Nur war im Tierheim seit ewigen Zeiten nicht mehr so ein Hund zu Gast, und auch von den Mitarbeitern besitzt niemand einen Vertreter dieser Rasse. „Ich schwöre, die Schäferhundhaare waren noch nicht da, als ich am Samstag bei Paula im Büro war", schließt Nino seinen Bericht.
Ich bedanke mich, verspreche wiederzukommen und spute mich, Jule und Flocke hinterherzurennen. Gerade noch rechtzeitig erwische ich sie am Rande des Stadtparks, wo Jule mich an die Leine nimmt und wir gemeinsam den Rest des Weges nach Hause spazieren.

Von Mara und ihrem blauen Auto ist noch nichts zu sehen. Jule beeilt sich, die Haustür aufzuschließen, denn nun ist sie doch ein wenig unruhig wegen der Katzenkinder. Kaum sind wir im Haus, huscht ein Lächeln über ihr Gesicht. Ich folge ihrem Blick und da sehe ich sie – alle drei Katzenkinder liegen schlafend in meinem Hundekörbchen!
„Rika, du musst sie wohl wirklich adoptieren", lacht Jule und lässt sich auf das Sofa plumpsen. Ich lege mich neben sie auf den Rücken, schließe die Augen und lasse mir ausgiebig den Bauch streicheln. Das tut gut und wirkt herrlich entspannend. Ich glaube, wenn die Menschen sich gegenseitig öfter streicheln würden, könnten sie vieles mit anderen Augen sehen. Doch dann, während sie mich krault,

wandert Jules Blick durch die Wohnung, und ich merke, wie ihre Streichelbewegungen sich verlangsamen und dann ganz aufhören.

„Das darf doch wohl nicht wahr sein!" Jules Stimme ist sehr leise, klingt irgendwie gepresst, als ob sie sich große Mühe gibt, nicht laut loszuschreien. Nun ist meine Neugierde geweckt, ich öffne die Augen und folge Jules entsetztem Blick. Oh, das ist wirklich übel! Jule hat nicht sehr viele Pflanzen in der Wohnung. Zwei in der Küche und ein paar im Wohnzimmer, vor dem großen Fenster, das zum Garten hinausgeht. Normalerweise stehen die Pflanzen schön aufgereiht in ihren bunten Töpfen auf dem Fensterbrett. Jetzt steht da fast nichts mehr.

Jule springt auf, und ich folge ihr. Hatte uns vorher der große Sessel den Blick auf den Boden versperrt, so haben wir nun freie Sicht auf das Chaos. Da liegen mehrere Erdhäufchen mit grünen, teilweise angeknabberten Stängeln darin und dazwischen die verschiedenfarbigen, bunt leuchtenden Übertöpfe. Der Holzfußboden vor dem Fenster sieht aus wie eine Miniaturausgabe des Kinderspielplatzes im Stadtpark. Und so ähnlich haben die Katzenkinder das Ganze wohl auch genutzt.

„Dumme Katzen", ruft Jule, und einen winzigen Moment frohlocke ich. Jule ist sauer auf die Katzen? Müssen die dann vielleicht wieder weg? Hurra! Endlich wieder ein katzenfreies Haus! Aber Moment mal, will ich das wirklich? Hab ich mich nicht gerade erst an die kleinen Biester gewöhnt? Ihre kuschelige Wärme, wenn sie zu mir ins Körbchen gekrochen kommen? Die komischen Laute, die sie von sich geben und die jedes Mal mein Hundeherz berühren? Sie haben ja keine Mama mehr, die Ärmsten. Nein, Jule muss doch auch Mitleid mit den Kleinen haben. Ich laufe zu meinem Körbchen und beginne, die Kätzchen reihum abzuschlecken. Ob Jule versteht, was ich ihr damit sagen will? Sie hockt sich zu uns, streichelt erst mich und dann die Kätzchen und spricht leise, mehr zu sich selbst:

„Dann werd ich mal aufräumen gehen. Und später Spielzeug für die Kleinen kaufen."

Ich wedele vor Freude mit dem Schwanz. Glück gehabt, ihr Kätzchen!

Jule hat die geretteten Pflanzen wieder in die Töpfe gedrückt. Manche sehen nun ein bisschen zerzaust aus. Sie ist gerade fertig mit Bodenputzen, da kommt Mara und ahnt nicht, wie es hier eben noch ausgesehen hat. Sie berichtet, dass Fräulein Kossmehl sie in ihrer Galerie noch in ein Gespräch verwickelt hat, aus dem Mara nicht wirklich schlau wurde.

„Ich hab ihr versprechen müssen, dass wir beide sie bald einmal besuchen kommen und auch die liebe Hündin mitbringen."

Oh, wie freundlich, damit bin ich gemeint. Es ist ein gutes Gefühl, als Hundedame von einer menschlichen Dame eingeladen zu werden. Freudig hüpfe ich durchs Haus.

Das war ein wirklich aufregender Montagvormittag. Ich muss nachdenken, wie all die Neuigkeiten zusammenpassen. Da die Katzenkinder sich immer noch in meinem Körbchen breitmachen, begebe ich mich in unseren winzigen Garten und lege mich in den Schatten der Mauer mit der Himbeerhecke.

Ich grüble ... und werde müde, gleite vom Denken in einen Traum hinüber. Darin jagt mich ein riesiger Schäferhund. Wütend bellt er, dass ich ihm die Leberwurst gestohlen hätte. Ich habe Angst, renne und renne. Dann kommt eine Goldkatze vom Himmel geschwebt, wird immer größer, wie ein Riesenluftballon, bis es einen Knall gibt und der Ballon platzt. Winselnd wie ein Welpe rennt der Schäferhund davon. Ich schrecke hoch, weil es schon wieder knallt. Zum Glück ist es nur ein heraufziehendes Gewitter und kein weiterer platzender Riesenluftballon. Als der erste Regentropfen auf meiner Nasenspitze landet, gebe ich meinen Platz an der Himbeerhecke auf und trotte zurück ins Haus. Die drei Katzen spielen gerade Fangen und jagen einander durch alle Räume. Das ist die Gelegenheit, mein Körbchen zurückzuerobern. Dort denke ich weiter nach, diesmal über meinen seltsamen Traum. Der Schäferhund und die Leberwurst – was hat das zu bedeuten?

Kapitel 6 Gedanken

Ich muss dann doch für etwas längere Zeit eingeschlafen sein, denn ich habe gar nicht mitbekommen, dass Mara am frühen Nachmittag mit Flocke wieder nach Hause gefahren ist.

Jetzt fühlt sich alles fast so an, wie immer an einem Montagnachmittag - Jule sitzt am Schreibtisch, denkt sich Kindergeschichten aus, ich döse vor mich hin und warte darauf, dass sie Zeit für mich hat. Nur, so richtig will mir das mit dem Dösen heute nicht gelingen. Das bedeutet ja NICHTS zu tun, an NICHTS zu denken, meinen ganzen Hundekörper entspannt liegen zu lassen und mich zu freuen, dass die Welt sich auch ohne mein Zutun weiterdreht. Klappt auch alles ganz gut, bis auf das NICHTS denken.

Mir geht Liane nicht aus dem Kopf. Warum musste sie sterben? Alle reden nur gut von ihr, sie scheint nichts Unrechtes getan zu haben, wenn man von der Mogelei im Internet mal absieht, wo sie sich als Philipp, Manuel und wer weiß wer, ausgegeben hat. Aber deswegen wird niemand umgebracht, oder? Vielleicht hat Jule mit ihrer Vermutung recht, und bei einer anderen Frau, die auch über dieses Onlinedating einen Mann suchte, hat Liane sich Max oder Karl-Heinz oder sonst wie genannt. Und wenn diese andere Frau sich nun Hoffnungen gemacht hat, die enttäuscht wurden, als sie herausbekam, dass sie es mit einer Frau, mit Liane, zu hat? Meine Gedanken verknoten sich fast vor Anstrengung, an Dösen ist nun nicht mehr zu denken.

Ich laufe zu Jule, die immer noch an ihrem Schreibtisch sitzt. Allerdings macht sie dabei nicht dieses klappernde Geräusch mit den

Fingern auf den Tasten ihres Notebooks. Das heißt, sie schreibt nicht, sondern denkt ebenfalls nach. Vorsichtig lege ich meinen Kopf auf Jules Knie und schaue sie an. Dabei versuche ich, herauszubekommen, wo ihre Gedanken gerade sind. Ist es etwas Schönes, zum Beispiel eine lustige Geschichte für Kinder, dann lächelt sie meist. Doch jetzt lächelt sie nicht, sondern zieht die Stirn in Falten.

„Ach, Rika", sagt sie und streicht mir dabei sanft über den Kopf. „Du hast es gut, du bist ein Hund."

Nanu, was soll denn das heißen? Meint sie etwa, ich würde mir keine Gedanken machen? Protestierend belle ich und sage ihr so, dass mir Liane ebenfalls nicht aus dem Kopf geht. Dass wir etwas tun müssen, weil ich sonst keine Ruhe zum Dösen finde und Jule sich nicht mehr auf ihre Kindergeschichten konzentrieren kann. Jawohl!

Und als hätte Jule mein Bellen ausnahmsweise einmal richtig verstanden, springt sie auf und ruft: „Komm, Rika, wir müssen uns bewegen."

Ich bin natürlich sofort dabei und sehr gespannt, was nun kommt.

Jule zieht sich um. Wenig später steht sie in einem grünen Kleid vor mir, das über und über mit kleinen gelben und weißen Blümchen bedruckt ist. Als wenn sie sich in ein Stück Sommerwiese gehüllt hätte. Der Rock flattert so lustig, wenn sie damit läuft. Ich mag es sehr, wenn Jule dieses Kleid anhat! Sie schaut noch einmal nach den Kleinen, die gerade in meinem Körbchen Katzenringkampf spielen. Dabei droht sie schelmisch mit dem Finger. „Lasst meine Pflanzen in Ruhe! Habt ihr verstanden? Wir gehen jetzt Katzenspielzeug kaufen." Dann nimmt sie meine Leine und wir verlassen das Haus.

Wir laufen durch den Stadtpark, was mir die Gelegenheit gibt, einen kleinen Abstecher zum Tierheim zu machen. Nino ist nicht draußen, also belle ich den anderen Hunden ein kurzes Hallo zu und flitzte wieder zu Jule. Vor lauter Übermut stecke ich einmal kurz meinen Kopf unter den flatternden Rock ihres Kleides. Sie lacht und droht mir spielerisch mit dem Finger: „Rikarda! Das tut eine Dame nicht!" Normalerweise ist es ernst, wenn Jule mich Rikarda statt Rika nennt. Aber nicht, wenn ihre Augen lachen. So necke ich sie weiter, indem ich sie immer wieder mit meinem Kopf stupse, und wir hüpfen ausgelassen gemeinsam über die Wiese. Junge Mütter mit Kinderwagen picknicken auf karierten Decken, Studenten liegen lesend im Gras, Kinder laufen Bällen hinterher. Die Sommerferien gehen zu Ende und jeder scheint noch etwas von dieser Leichtigkeit und Unbeschwertheit mitnehmen zu wollen. Am anderen Ende des Parks muss ich leider wieder an die Leine. Wir überqueren den Stadtring, eine gefährliche Schnellstraße, und schlendern dann quer durch die Altstadt.

In den kleinen Straßen sind viele Menschen unterwegs. Sie sehen anders aus, als die im Park. Die meisten hasten und haben ernste Gesichter, als hätten sie Angst, zu spät zu kommen und etwas zu verpassen. Sehen sie denn nicht, dass es gerade hier und jetzt am schönsten ist? Die Abendsonne wärmt mein Fell und gibt ihm einen goldenen Schimmer. In diesem Moment könnte man fast denken, ich sei mit Willy, Frieda und Goldy verwandt.

Schon von Weitem kann ich meinen Lieblingsladen riechen, der die allerbesten Hundeleckerlis anbietet, die ein Hund sich vorstellen kann. Hier darf ich mit hinein und bekomme immer, wirklich immer, etwas zum Knabbern. Heute ist es gar nicht so einfach, den Laden zu betreten. An der Tür stoßen wir beinahe mit einer kleinen Frau zusammen, die eine prall gefüllte, große blaue Tasche trägt und wütend aus dem Laden gestürmt kommt. Ihre Frisur sieht seltsam aus, als hätte sie sich eine schwarze Schüssel über den Kopf gestülpt, ein goldenes Band drumgeschlungen und zu allem Überfluss auch noch zwei bunte Federn darangesteckt – eine pinkfarbene und eine, die so grell-grün leuchtet, dass es meinen Hundeaugen wehtut. Auch ihr Kleid ist pink-grün gemustert. Außerdem riecht sie nach Erdbeeren, wie ein ganzer Korb voll von diesen süßen Früchten. Da ich keine Erdbeere entdecken kann, vermute ich, dass die Federfrau ein Parfüm benutzt, das so riecht.

„Saftladen!", schimpft sie. „Keinen Fuß werde ich mehr über diese Schwelle setzen!"

Die lustig aussehende Dame ist wahrscheinlich im falschen Laden gewesen, denn hier gibt es doch gar keinen Saft, sondern alles für Hund und Katz und andere kleine Haustiere. Jule sieht der Frau mit einem amüsierten Lächeln hinterher, bevor wir endlich den Laden betreten. Hier erzählt Jule der freundlichen Verkäuferin, was die Katzenkinder angestellt haben und erfährt, dass einige Pflanzen für die Kleinen giftig sind, so zum Beispiel auch die Orchidee, die auf ihrer Fensterbank steht. Aber natürlich wollen alle Kinder spielen, egal ob Menschen-, Hunde- oder Katzenkinder.

Jule lässt sich beraten, womit sie den Kleinen eine Freude machen und sie beschäftigen könnte. Wenig später liegen mehrere Plüschmäuse, die sogar lustig quietschen können, eine Art Teller mit einem Ball und einem komischen Wackelding darauf, und verschiedene kunterbunte Bälle auf dem Ladentisch. Dazu kommen noch mehrere Dosen Katzenfutter, denn drei Kätzchen fressen auch dreimal so viel wie eine Katze. Eigentlich will Jule auch noch ein Katzenklo kaufen, aber als sie die Preise dafür sieht, meint sie, der Karton würde es noch eine Weile tun. Trotzdem stöhnt sie, als sie die Summe hört, die sie zu zahlen hat. Ich bin sehr froh, dass sie nicht an meinem Leckerli gespart hat und ich ein getrocknetes Stück Pansen bekomme. Das riecht so gut!

Jule verstaut alles in ihrem Rucksack und hält zum Schluss noch eine Weile nachdenklich den Kassenzettel in der Hand. Beim Verlassen des Ladens begegnen wir Paula aus dem Tierheim. Jule bleibt stehen und die beiden reden kurz über den Mord an Liane. Paula ist ebenfalls entsetzt und kann sich nicht vorstellen, wer Liane umgebracht haben könnte. Jule scheint kurz zu überlegen, dann sagt sie: „Ach, weißt du, Paula, es gibt da ein paar Dinge, die ich nicht verstehe. Können wir zwei mal in Ruhe über Liane reden?"
Auch wenn Paula es jetzt gerade eilig hat, ist sie doch einverstanden, und die beiden Frauen verabreden sich für Donnerstagnachmittag, wenn Paula allein im Tierheim Dienst hat.

Mit einem Rucksack voll Katzenspielzeug öffnet Jule vorsichtig die Haustür, als ob sie dadurch einen eventuellen weiteren Katzenschaden verhindern könnte. Es ist verdächtig ruhig, und so, wie es aussieht, stehen alle Pflanzen noch immer ordentlich in ihren Töpfen auf dem Fensterbrett. Trotzdem durchquert Jule als Erstes das Wohnzimmer, um sich zu vergewissern, dass die Orchidee nicht angeknabbert ist.

Ich flitze los, um die Katzenkinder aufzuspüren, denn in meinem Körbchen sind sie nicht. Also schnüffele ich weiter durch die Wohnung, suche in allen Ecken, bis ich zur Schlafzimmertür komme, die einen Spaltbreit offen steht. Ich selbst darf zwar in diesen Raum nicht hinein, aber meine Hundenase mal vorsichtig in den Türspalt zu stecken – das hat Jule mir nicht verboten. Kann ich etwas dafür, dass meine Hundeschnauze vorn spitz ist und dann immer breiter wird? Ich glaube nicht, und so lasse ich es einfach geschehen, dass der

Türspalt sich immer weiter öffnet, bis schließlich mein ganzer Kopf im Schlafzimmer steckt. Meine vier Pfoten sind immer noch draußen, also bin ich es eigentlich doch auch. Im nächsten Moment sehe ich die drei Kleinen – sie liegen friedlich schlafend mitten auf Jules Bett. Das geht doch nicht! Ich bin empört und zeige dies deutlich, indem ich kurz belle. Allerdings reagiert niemand, Jule gießt die Blumen und winkt nur mit der Hand, als wollte sie sagen: Lass mir mal meine Ruhe, Rika! Und die Katzenkinder sind so tief ins Land der Träume eingetaucht, dass sie keine Reaktion zeigen.

Wie es aussieht, muss ich also die Sache selbst in die Pfote, oder besser gesagt, ins Maul nehmen. Wenn ich schnell bin, wird Jule gar nichts merken. Ein einziger großer Sprung trägt mich auf ihr Bett, wo ich mit den Vorderpfoten direkt vor dem schlafenden Willy lande. Vorsichtig nehme ich ihn mit dem Maul auf und bin mit drei weiteren Sprüngen zurück im Wohnbereich, bei meinem Körbchen, wo ich den immer noch schlafenden Kater sanft ablege. Jule dreht sich nicht einmal um, sie ist immer noch mit ihren Pflanzen beschäftigt. Frieda bringe ich auf dem gleichen Weg und genauso unauffällig von Jules Bett zu meinem Schlafplatz.

Gerade als ich Goldy im Maul habe, geht Jule an der geöffneten Schlafzimmertür vorbei und hält den Orchideentopf mit beiden Händen, wohl um ihn in die Küche zu tragen. Im selben Augenblick maunzt Goldy, was Jule dazu bringt, doch den Kopf nach links zu wenden, der Quelle des Maunzens zu. Sie schreit entsetzt auf, als sie mich mit dem Kätzchen im Maul entdeckt, mitten auf ihrem Bett stehend. Vor Schreck lässt sie den Blumentopf fallen, sodass es schon wieder eine Schweinerei auf dem Fußboden gibt.
„Rika! Runter da, aber sofort!"

Ja, sicher, das wollte ich doch sowieso gerade tun. Mit Goldy im Maul wetze ich an Jule vorbei, die mich böse anschaut. Dabei wollte ich nur helfen.

Oh je, ich ducke mich jetzt wohl lieber in mein Körbchen und versuche, mich unsichtbar zu machen. Die Kätzchen scheinen das genauso zu sehen, denn sie machen mir bereitwillig Platz. So liegen wir nun alle vier auf meinem Schlafplatz und schauen Jule zu, die ziemlich sauer ist. Sie muss nicht nur die Orchidee wieder einsammeln, sondern auch die ganze grobe Krümelerde, die in alle Richtungen verstreut auf dem Boden liegt. Ich bin auch noch mitten hindurchgelaufen und habe zur weiteren Verteilung beigetragen.

Als alles wieder ordentlich und die Orchidee zum zweiten Mal heute neu eingetopft ist, bessert sich auch Jules Laune wieder. Sie setzt sich zu mir, streicht über meinen Kopf und spricht mit ernster, aber freundlicher Stimme: „Rika, du darfst NICHT ins Schlafzimmer. Und du darfst auch die Kätzchen NICHT auf mein Bett legen. Verstanden?"
Ach, Jule, du hast mich zwar wieder einmal völlig missverstanden, aber ich hab dich trotzdem lieb!

Die nächsten Tage vergehen fast normal. Wenn man davon absieht, dass drei Katzenkinder durchs Haus toben und Quietschemäuse jagen. Und dass die Sache mit der Leberwurst mein kleines Hundehirn fast qualmen lässt. Wie passen die Kätzchen mit dem Leberwurstgeruch zusammen? Auf jeden Fall muss der Leberwurstduft mit dem Mörder zu Liane gekommen sein, dessen bin ich mir inzwischen fast sicher. Von nun an ist für meine Schnüffelnase erst einmal jeder verdächtig, der nach Metzger Krumms Leberwurst riecht. So! Ja, und dann? Weiter komme ich vorläufig nicht mit meinen Überlegungen. Diese ungewohnte Grübelei ist einfach zu anstrengend für mich. Meine Gedanken huschen immer wieder davon, wie kleine flinke Mäuse. Jule scheint es ähnlich zu gehen, sie kann sich nicht auf ihre Schreiberei konzentrieren. Stattdessen sitzt sie da, guckt den Katzenkindern beim Spielen zu, läuft umher und schüttelt immer wieder den Kopf, als wolle sie lästige Gedanken verscheuchen. So erscheint es uns beiden wie eine Befreiung, als wir uns am Donnerstagnachmittag endlich auf den Weg zum Tierheim machen, zu Paula.

Jule hat Mara am Telefon von der Verabredung erzählt. Beide waren sich einig, dass es besser wäre, wenn Jule sich allein mit Paula trifft. Es könnte ja schließlich sein, dass Paula etwas von Liane weiß, was sie nur ungern weitererzählt.

Das kann ich verstehen. Auch in meinem Leben gibt es Dinge, die ich nicht jedem auf die Hundenase binde. So schäme ich mich zum Beispiel sehr, dass ich nicht schussfest bin, wie der Fachmann es nennt. Jule weiß das natürlich, aber im Tierheim habe ich nur Nino davon erzählt. Es ist ja auch blamabel für einen Jagdhund, bei jedem Knall vor Angst auf Jules Schoß zu springen und minutenlang am ganzen Körper zu zittern. Nino meint, jeder hätte Erlebnisse aus der Kindheit, die er ein Leben lang verarbeiten müsse. Andere Hunde fürchten sich vor Menschen in Uniformen oder vor dem Zischen sich schließender Bustüren. Oh ja, Nino ist sehr weise, und ich freue mich, ihn gleich wiederzusehen.

Jule scheint der Termin mit Paula sehr wichtig zu sein. Im Stadtpark lässt sie mir gerade mal Zeit, meine Geschäfte zu verrichten, dann geht es weiter, ohne dass sie auch nur ein einziges Mal meinen Ball geworfen hätte. Wenige Schritte vor dem Tierheim begegnen wir erneut der lustigen Dame mit den bunten Federn im Haar, die so stark nach Erdbeeren riecht. Wieder trägt sie die prall gefüllte, große blaue Tasche unter dem Arm, und wieder läuft sie schimpfend an uns vorbei. Ich verstehe nur *Unerhört!*, während die Frau davonstürmt.

Jule schüttelt den Kopf. Sicher denkt sie ähnlich wie ich, dass es eben Menschen gibt, die seltsam sind. Manche bezeichnen sie auch als nicht normal. Aber wer entscheidet eigentlich, was normal ist? Mir gefällt darum seltsam besser.

Paula sitzt mit einem Haufen Papierkram vorne im Büro. Wie erwartet, liegt Nino unter ihrem Schreibtisch. Ich geselle mich zu ihm, gebe ihm einen Nasenstupser, und dann stellen wir beide unsere Ohren auf, um dem Gespräch der Frauen zu folgen.

Sie umkreisen sich mit Worten, so wie wir Hunde umeinandertänzeln, wenn wir uns kennenlernen. Weder Jule noch Paula scheinen gleich verraten zu wollen, was sie wissen. Sie reden zwar über Liane, doch nur oberflächlich – ich erfahre nichts Neues und langweile mich. Nach einer Weile wird es wohl auch Jule zu bunt, sie schaut Paula an und fragt ganz direkt: „Weißt du, wie Liane neue Besitzer für die Kätzchen gefunden hat?"

Paula schüttelt den Kopf. „Ich wusste es nicht. Aber inzwischen glaube ich, es zu wissen." Sie senkt die Stimme, als müsse sie fürchten, dass jemand mithören könnte, und fragt: „Hast du sie etwa auch über dieses Onlinedating kennengelernt?"

Jule nickt. Somit sind die Fronten geklärt, beide wissen nun voneinander, dass sie mehr wissen, und fangen endlich richtig an, zu reden. Wurde ja auch Zeit!

Jule erzählt Paula die ganze Geschichte, von Anfang an. Wie sie den angeblichen Philipp kennengelernt hat, über die Kätzchen vor ihrer und Maras Tür, den Anruf im Tierheim bis zum Fund der Leiche. Paula nickt mehrmals und macht den Eindruck, als würde alles mit ihrem eigenen Wissen zusammenpassen. Ich werde immer aufgeregter, denn alles, was Jule mitzuteilen hat, ist mir ja bereits bekannt. Ich spitzel ab und an über die Schreibtischkante und erhoffe mir von Paula endlich Neuigkeiten. Kann es sein, dass sie ein bisschen rot wird, als sie nun ihren Bericht anfängt?

„Liane und ich haben abwechselnd hier an diesem Computer gearbeitet, je nachdem, wer Dienst hatte. Beim Aufräumen ihres Schrankfachs fand ich jetzt ihren Kalender. Seltsam, denn den hat sie sonst immer mitgenommen. Na ja, und da hab ich ..."
Paula wird nun richtig rot, aber sie fährt fort.
„Ich hab ein bisschen darin herumgeschnüffelt, weil ich dachte, ich finde einen Hinweis, der Licht in diese Mordsache bringt. Und tatsächlich hab ich ihr Passwort für den Computer gefunden und dort weitergeschnüffelt."
Sie schaut Jule an, als ob sie erwartet, ausgeschimpft zu werden. Also ich als Hund finde Herumschnüffeln nie schlimm. Mir tun die Menschen manchmal richtig leid, dass sie all die wunderbaren Gerüche und Düfte nicht richtig wahrnehmen können. Irgendetwas ist mit ihren Nasen nicht in Ordnung.

Jule scheint es völlig okay zu finden, dass Paula so neugierig war, und ermuntert sie, fortzufahren. Paula bestätigt, dass Liane tatsächlich unter verschiedenen Männernamen Kontakt zu tierlieben, Männer suchenden Frauen aufgenommen hatte.
„Ich hab nur mal kurz geschaut. Mir ist das Lesen fremder E-Mails wirklich unangenehm."

Paula schaut Jule an und die nickt. „Das kann ich sehr gutverstehen. Wenn ich mir überlege, dass wahrscheinlich auch Mails von mir dabei sind ...“

„Ja, dann könntest du das doch übernehmen!“

Paula klingt erleichtert. Sie hofft wohl, die unangenehme Schnüffelei abgeben zu können. Jule widerspricht nicht, sondern kramt in ihrer Handtasche, findet zwei Hundekekse, die sie Nino und mir mit einem Lächeln hinunterreicht. Freudig mit dem Schwanz wedelnd bedanken wir uns. Jule wühlt weiter und hält einen Augenblick später ein kleines schwarzes Teil in der Hand. Zuerst halte ich es für so einen Stift, mit dem sich Jule manchmal die Lippen anmalt, wenn sie zum Essen eingeladen ist. Doch es ist ein Memorystick. Das habe ich schon mal gesehen. Damit kann man, wie mit einer Hundeschnüffelnase, gespeicherte Informationen vom Gehirn des einen Computers herunterschnüffeln und dann einfach einen anderen Computer an diesem Memorystick riechen lassen. Schon weiß der zweite Computer alles, was der Erste wusste. Toll!

Mit einem zufriedenen Lächeln reicht Jule Paula das kleine schwarze Teil. Die schiebt es in den Computer, klickt auf ein paar Tasten herum und ruft wenig später: „Fertig. Ach, ich bin so froh, dass du das machst.“

Es scheint, als ob Paula diesen Memorystick schnell loswerden will und Jule schon sehr gespannt ist, die Mails zu lesen, denn Hals über Kopf verabschieden sich die beiden. Als wir schon fast aus der Tür sind, ruft Paula: „Halt! Fast hätte ich es vergessen. Es muss ja nichts zu bedeuten haben, aber komisch ist es schon. Lianes Kalender weist für fast jeden Tag ein oder zwei Einträge auf. Nur nicht für die Zeit nach dem Mord. Ab dieser Woche sind alle Seiten komplett leer.“

Das klingt gruselig. Als ob Liane geahnt hätte, dass sie stirbt? Jule schaut auch ziemlich verdutzt. Diese Information bringt keine Klarheit in den Fall, sondern macht ihn nur noch undurchsichtiger.

Wenn Jule verwirrt ist, macht sie manchmal komische Sachen. Heute wirft sie auf dem Rückweg durch den Stadtpark ganz oft meinen Ball, viel weiter als sonst, und ich flitze hin und her und freue mich. Der Tag wäre perfekt, wenn die Gedanken nicht immer wieder zur ermordeten Liane springen würden. Wir sind beide ziemlich erschöpft, als wir zu Hause ankommen.

Die Katzen waren brav, wie eigentlich meistens, seit sie ihr Katzenspielzeug haben. Jule wechselt noch schnell diesen komischen groben Sand in Katzenklokarton. Deshalb verziehe ich mich lieber in den Garten. Auch wenn ich mich an den Katzengeruch inzwischen gewöhnt habe, Katzenpipi treibt mir immer noch die Tränen in die Augen. Hier draußen ist es besser, der Nachbar hat heute seinen Rasen gemäht. Ein angenehmer Duft von frischem Gras kommt über die Mauer geweht und erinnert mich an die ausgelassene Toberei auf Maras Wiese. Am liebsten würde ich jetzt ein bisschen träumen, doch mein Hundebauchgefühl rät mir, wach zu bleiben. Von hier draußen kann ich gut beobachten, was Jule im Haus tut, und aufpassen, dass mir nichts entgeht, was mit der Klärung des Mordfalls zu tun haben könnte.

So husche ich schnell zurück ins Haus, als ich sehe, wie Jule auf dem Sofa Platz nimmt und das Telefon heranzieht. Gerade, als sie den Hörer in die Hand nehmen will, klingelt es, sodass sie leicht erschrickt. Doch schnell hat sie sich wieder gefasst, geht dran und lächelt, als sie sagt: „Ach, Fräulein Kossmehl, Sie sind es."

Dann sagt die alte Dame etwas, das ich nicht hören kann und Jule antwortet: „Oh, das ist lieb. Ja, gern bringen wir die Hunde mit. Dann bis morgen Nachmittag zum Tee."

Oh, wie ich mich freue! Wir suchen nicht nur Lianes Mörder, sondern gehen auch zum Tee zu der netten alten Dame!

Nun endlich ruft Jule bei Mara an und erzählt ihr von dem Gespräch mit Paula und Fräulein Kossmehls Einladung. Leider kann ich Maras Worte nicht hören, aber es scheint ihr sehr zu gefallen, dass Jule Lianes Mails auf dem Memorystick hat, denn ich höre Jule sagen: „Gut, dann bis morgen. Ist mir auch lieber, wenn wir die Mails zusammen durchstöbern. Allein trau ich mich da nicht so recht ran."

Am Abend schaut Jule einen dieser Filme, bei denen ich immer ganz eng angekuschelt bei ihr auf der Couch sitzen darf. Etwas mit Weihnachten und Liebe, ich mache lieber die Augen zu und döse. Trotzdem entgeht mir nicht, dass Jule sich zwischendrin schnäuzt, einige Tränchen abwischt und meinen Hals krault. Einmal flüstert sie dabei leise in mein Ohr: „Ach, Rika, ich wäre auch gern so richtig verliebt ..."

Kapitel 7 Tee bei Karoline

Am nächsten Tag ist sie wieder die fröhliche Jule, die mit mir und den Katzenkindern spielt und sich über die tapsigen Bewegungen der Kleinen amüsiert. Um ihren Schreibtisch und diesen Stick macht sie einen großen Bogen, putzt stattdessen die Fenster und singt dabei lustige Lieder mit, die aus dem Radio kommen. Das Leben könnte so einfach sein, wenn meine Gedanken nicht immer wieder zu dem Mord an Liane zurückkehrten. Ich kann mich ja schließlich nicht mit Putzen und Singen ablenken. Dabei weiß ich, dass ich mir eigentlich um den Mord keine Gedanken machen muss, aber wenn ich will, dann muss ich doch.

Der Freitagnachmittag lächelt so sonnig, als ob der Sommer sich noch einmal von seiner besten Seite zeigen will, bevor er sich für dieses Jahr verabschiedet. Jule zieht wieder eines ihrer geblümten Kleider an, die ich so mag, und hat in ihrer Handtasche meinen Ball versteckt. Ja, das kann ich riechen und tänzele auf dem Weg in den Stadtpark immer so neben ihr her, dass ich diesen Spaß und Spiel verheißenden Duft nicht aus der Nase verliere.

Nach ein paar aufregenden Balljagden, bei denen sich all meine Sinne auf dieses kleine gelbe Ding mit Schnur konzentrieren, das Jule weit über die Wiese wirft, trabe ich glücklich neben ihr her, der Altstadt zu, wo Jule mich wieder an die Leine nimmt.

Aus den kleinen Läden und Cafés dringen so starke Düfte, dass auch Menschennasen sie wahrnehmen sollten. Ein kleiner Laden hat auf dem Gehsteig viele große und kleine Töpfe mit Blumen in allen Farben ausgestellt. Bienen summen um die Blüten herum.

Jule bleibt stehen, ihre Augen leuchten. „Oh, wie schön!" Sie greift nach einem kleinen Topf, der aussieht wie eine Minigießkanne und mit Lavendel bepflanzt ist. Dann schaut sie mich fragend an. „Na, was meinst du, Rika, ob der Fräulein Kossmehl gefallen wird?"
Wenn der Name der alten Dame genannt wird, beginne ich schon automatisch, mit dem Schwanz zu wedeln. Jule lacht und deutet dies als Zustimmung.

Ein paar Häuser weiter duftet es verführerisch nach frischen Waffeln und allen möglichen Eissorten. Ich bewege meine Schnüffelnase hin und her, um möglichst viele von den Düften aufzunehmen. Jule geht es wohl ähnlich, denn auch hier bleibt sie stehen und kauft eine Eiswaffel mit leckerem Vanille- und Erdbeereis. Wenn es so richtig warm ist, kühle ich, wie die Menschen, meine Zunge ebenfalls gern mit einem Eis ab. Am liebsten wäre mir natürlich Eis mit Pansen- oder Leberwurstgeschmack. Ersatzweise nehme ich aber auch mit Vanille vorlieb. Jule weiß das und lässt mich meist den Rest aus der Waffel schlecken.

Gerade als wir in der Turmstraße ankommen, biegt von der anderen Seite Mara um die Straßenecke. Bestimmt hat sie wieder vor der Metzgerei geparkt. Die beiden Frauen begrüßen sich, als hätten sie sich ewig nicht gesehen. Naja, es waren immerhin fast fünf Tage. Jule reicht mir die Eiswaffel, von der sie nur ein winziges Stückchen abgebissen hat, und auf deren Boden meine lange Zunge noch süße

Reste vom herrlichen Vanilleeis findet. Zum Schluss ist die Waffel mit zwei, drei großen Bissen vernichtet.

Mara lacht. „Du verwöhnst sie."

„Ach, was", winkt Jule ab. „Schau doch mal, wie schlank sie ist. Kein Gramm Fett. Das rennt sie sich alles wieder vom Leib."

Fräulein Kossmehl erwartet uns in ihrer Galerie. Sie sieht heute besonders hübsch aus für eine alte Dame. Ihr Wollkostüm ist rot und an den Säumen mit goldenen Vögelchen bestickt. Ein bisschen ähnelt sie damit dieser alten Königin, über die manchmal im Fernsehen berichtet wird. Die trägt auch keine Krone, sondern ein lustiges kleines Hütchen, genau wie unsere Gastgeberin heute. Fräulein Kossmehl verabschiedet gerade einen älteren Herrn, der mit einem großen Paket unter dem Arm und glücklichem Gesicht den Laden verlässt. Kichernd wie ein junges Mädchen sieht sie ihm nach. Er dreht sich auf der Straße noch einmal um, hebt seinen Hut und winkt ihr damit zu. So etwas habe ich bisher nur in ganz alten Filmen gesehen, die Jule sich manchmal im Fernsehen anschaut.

Jule und Mara blicken die alte Dame erstaunt an, sodass diese sich zu einer Erklärung veranlasst sieht: „Das war der alte Herr Willmann. Er hatte früher die Apotheke am Marktplatz. Seine Frau ist schon vor Jahren gestorben. Nun kommt er jede Woche in meine Galerie auf einen Tee und kauft immer irgendetwas." Mit einem verschmitzten Lächeln fügt sie hinzu: „Ich glaube, er ist ein wenig verliebt in mich!"

„Das freut uns aber für Sie", strahlt Jule sie an.

„Ach, Kinder, lassen wir dieses alberne Sie mal beiseite. Ich heiße Karoline. Mit K wie Kossmehl, darauf lege ich Wert." Dabei tippelt sie schon wieder geschäftig durch den Laden, rückt hier eine Figur zurecht, zupft da an einem Kissen herum. Sie scheint sich einerseits wirklich zu freuen, dass wir da sind, das sehe ich an ihrem Lächeln, denn ihre kleinen Augen lächeln mit. Andererseits wirkt sie irgendwie nervös und unsicher. Ich lege meinen Kopf schräg und beobachte Karoline mit „K" Kossmehl genau. Verunsichern wir sie so sehr?

Jule scheint dieses Verhalten auch seltsam zu finden. Mit sanfter Stimme fragt sie: „Karoline, stören wir Sie? Sollen wir lieber später noch einmal wiederkommen?"

„Nein, nein", beeilt sich diese zu beteuern. „Bleibt nur, bleibt. Ich mach uns schnell frischen Tee, das dauert nicht lange." Sie deutet auf ein kleines Sofa neben dem Schaufenster, auf dem ein paar Kissen mit Katzen und Vögeln liegen. „Setzt euch doch! Ich bin gleich wieder da."

Mit diesen Worten verschwindet sie in einem kleinen Raum im Hintergrund, der durch einen Vorhang abgetrennt ist. Ich höre Wasser rauschen, also muss dort eine kleine Küche sein.

Die beiden Freundinnen sehen sich fragend an, schieben dann vorsichtig die Kissen beiseite, die alle mit kleinen Preisschildern versehen sind, und nehmen auf dem Sofa Platz. Ich lege mich zu Jules Füßen auf den großen, weichen Teppich. Auch ihn zieren Tiermotive. Elefanten, Giraffen und Löwen wandern an seinem Rand entlang – um einen riesigen Baum herum, der die gesamte Mitte des Teppichs ausfüllt. Es ist eine Wohltat für jeden Hund, auf so einem weichen Teppich liegen zu dürfen!

Wenig später erfüllt der Duft frischer Pfefferminze den Raum. Karoline kommt mit einer kleinen Teekanne zurück, auf der bunte Pfauen ihre Federn zur Schau stellen. Rasch holt sie die passenden Tassen dazu, auf denen ebenfalls Pfauen, allerdings ohne Federrad, zu sehen sind. Sie stellt alles auf einem winzigen Tischchen vor dem

Sofa ab, das auf vier Beinen mit Löwentatzen steht. In dieser Galerie gibt es wirklich nichts, das nicht mit Tiermotiven geschmückt ist. Selbst der Wassernapf, den Karoline mir freundlicherweise direkt neben meine Nase stellt, ist mit kleinen schwarzen Hunden bedruckt und mit Glitzersteinen verziert.

Karoline scheint sich inzwischen etwas beruhigt zu haben. Sie schiebt sich zwischen Jule und Mara auf das Sofa, da es das einzige Sitzmöbel im Raum ist. Über das kleine Lavendeltöpfchen ist sie hocherfreut und bedankt sich artig. Die drei Frauen plaudern über dies und das, reden vom Wetter und vom Sommer. Wie sagt man so schön – sie schleichen wie eine Katze um den heißen Brei herum. Wobei ich noch nie eine Katze gesehen habe, die Brei fressen wollte. Jedenfalls kommt das Gespräch nur ganz allmählich auf Liane und die Katzen. Dann fragt Jule gerade heraus: „Karoline, glaubst du, dass Liane ein ehrlicher Mensch war?"
„Aber sicher doch", kommt prompt die Antwort zurück. „Warum fragst du denn?"
„Du solltest wissen, wie wir beide Liane kennengelernt haben. Wir sind trotzdem überzeugt, dass sie nur das Beste wollte, insbesondere für die Katzen."

Endlich erzählen die Freundinnen der alten Dame alles, was sie am Montagmorgen bereits dem Hauptkommissar in seinem Büro geschildert haben. Karoline hört schweigend zu. Als Mara zum Schluss von dem besprochenen Anrufbeantworter im Tierheim berichtet, schüttelt die alte Dame nur traurig den Kopf. Eine ganze Weile sagt niemand etwas. Ich versuche, eine Fliege zu fangen, die dumm und frech genau vor meiner Nase herumschwirrt. Ein paar Mal schnappe ich daneben, dann hat es sich ausgeschwirrt. Ich bin eben ein echter Jagdhund.

Jule hat tröstend den Arm um Karoline gelegt und erläutert nun ihre Überlegungen, dass vielleicht eine enttäuschte Frau Liane aufgesucht haben könnte, es zum Streit kam und dann ...
Die alte Dame unterbricht sie.
„Ich versteh die Welt nicht mehr", ruft sie laut in den Raum. „So wunderhübsche, kluge Frauen, wir ihr zwei es seid, finden keinen Mann. Und Liane gibt sich als Mann aus, nur um für die Kätzchen ein neues Zuhause zu finden." Dann senkt sie den Blick, als ob sie noch etwas hinzufügen wollte, und fährt fort: „Irgendeine unglückliche Person bringt Liane einfach um." Wieder schüttelt sie den Kopf, sodass die kleinen grauen Löckchen wackeln: „Und draußen geht das Leben weiter, als ob nichts passiert wäre."
Ich gebe ein leises Bellen von mir. Die Sonne geht gerade unter und taucht die ganze Welt in blutrotes Licht. Ich liebe Sonnenuntergänge!
Jule erzählt Karoline auch, was Paula über die leeren Seiten in Lianes Kalender berichtet hatte. „Weißt du, ob sich in Lianes Leben irgendetwas geändert hatte? War sie krank? Wollte sie verreisen oder den Job wechseln?
Karoline schüttelt den Kopf. „Nein, ich weiß nichts. Wirklich. Sie hatte es doch so gut hier, und sie liebte ihre Arbeit im Tierheim." Wieder schüttelt sie den Kopf. „Das müsst ihr mir glauben."
Komisch, ich mag die alte Dame wirklich sehr. Aber plötzlich kribbelt es in meinem Hundebauch, und ich habe so ein Gefühl, als ob sie nicht ganz die Wahrheit sagt.
„Es ist doch seltsam, dass sie plötzlich nichts mehr in ihren Kalender eingetragen hat", findet auch Mara. „Vorher waren die Seiten voller Termine und plötzlich gar nichts mehr.

Kapitel 8 Lianes Wohnung

Jule schluckt. „Ich bekomm das Bild nicht aus dem Kopf, wie sie dort oben in ihrem Flur gelegen hat. Tot.“

„Weißt du was?“ Mara hat eine Idee, denn sie schaut Jule ganz aufgeregt an. „Vielleicht sollten wir uns einfach kurz in der Wohnung umsehen. Karoline, du hast doch sicher noch den Schlüssel?“

Die alte Dame nickt, aber ich sehe auch etwas Verunsicherung in ihrem Blick.

„Nein, nein.“ Jule schüttelt den Kopf. „Wir können da nicht einfach rein. Außerdem hat die Polizei die Wohnung doch bestimmt versiegelt?“

Ich kenne Jule gut genug, um zu erkennen, dass sie einerseits neugierig ist und in die Wohnung möchte, andererseits Angst davor hat.

„Doch, doch, da war ein Siegel.“ Karoline weiß genau Bescheid. „Die Leute von der Kripo waren zwischendurch noch öfter hier. Der Kommissar Patullek immer vorneweg, dieser unangenehme Mensch. Hat meine armen Katzen ganz gehörig erschreckt, weil er jedes Mal an meiner Wohnungstür Sturm läutete. Dabei hatte er am Montag im Präsidium doch schon so viele Fragen gestellt.“

„Was wollte er denn jetzt noch wissen?“ Jule schaut neugierig, nun doch vom Jagdfieber gepackt.

„Na, zum Beispiel, wie lange Liane hier schon wohnte, ob sie ihre Miete immer pünktlich gezahlt hat oder Schulden hatte. Ich hab ihm gesagt, dass die Liane ein sehr korrekter und vertrauenswürdiger Mensch war. Es ist ja mein Haus, wisst ihr, und da schaue ich mir schon genau an, wen ich hier einziehen lasse. Liane wohnt …", sie seufzt traurig und korrigiert sich, „… wohnte hier seit drei Jahren und war ein grundehrlicher Mensch. Deshalb hab ich ihr ja auch … ähm, ja also, völlig vertraut."

Nanu? Wollte sie nicht eigentlich noch etwas hinzufügen oder täuschen mich meine aufmerksamen Hundeohren? Den beiden Freundinnen ist anscheinend nichts aufgefallen, denn sie fragen nicht nach, und Karoline wechselt schnell das Thema.

„Außerdem fragte er, ob Liane häufig Männerbesuch bekommen hätte", fährt Karoline fort.

„Und, hat sie?", unterbricht Mara Karoline und schaut dabei genauso neugierig wie Jule. Auch ich halte aufmerksam meine Ohren gespitzt.

„Nein, hat sie nicht." Karoline schüttelt traurig den Kopf. „Die Liane hat doch nur für die Tiere gelebt, es war kein Platz für Männer in ihrem Leben."

Sie schenkt noch einmal Tee nach und streicht mir über den Kopf.

„Hat Liane eigentlich nähere Verwandte?", möchte Jule wissen. „Ich meine, die müssen doch benachrichtigt werden."

„Eine alte Tante im Münsterland, danach hat mich der Kommissar auch gefragt", erinnert sich Karoline. „Liane hat sie einmal im Jahr besucht. Ihre Eltern sind schon vor Jahren gestorben." Sie ist den Tränen nah. „Ach, ist das alles schrecklich!"

Jule streicht ihr beruhigend über die Hand und fragt dann weiter: „Das hätte Patullek aber auch am Telefon erfragen können, oder?"

„Na ja, beim ersten Mal sollte ich mit in die Wohnung kommen, und schauen, ob mir etwas auffällt. Das war so schlimm. In meinen Gedanken hab ich die arme Liane immer noch da liegen sehen. Die Schränke und Schubladen waren durchwühlt, alles lag auf dem Boden verstreut. Dabei hat Liane doch gar nichts Wertvolles besessen."

Sie zögert wieder, ganz kurz nur, als wenn sie einen Augenblick überlegen würde, atmet tief durch, schnäuzt sich in ihr Taschentuch und fährt fort: „Gerade, als ich wieder in meiner Wohnung war und mich ein wenig beruhigt hatte, stand der Kommissar schon wieder vor der Tür und klingelte. Diesmal wollte er Lianes Keller sehen. Dort steht nichts außer ihrem Fahrrad und ein paar Gläsern selbst gemachter Marmelade. Und heute kam er schon wieder vorbei, um mir mitzuteilen, dass sie oben fertig wären, das Siegel wieder entfernt hätten und ich die Wohnung neu vermieten könnte." Bei den letzten Worten knetet Karoline wütend das Taschentuch in ihrer Hand. „Die Wohnung neu vermieten! Liane ist noch nicht einmal beerdigt, geschweige denn ihre Wohnung ausgeräumt. Dieser Patullek hat das Feingefühl einer Straßenwalze!"

Mara nickt zustimmend und sieht auf die Uhr. „Oh, so spät schon. Vielleicht könnten wir dann schnell mal hochschauen?" Karoline springt auf und holt den Schlüssel zu Lianes Wohnung aus der Tasche ihres Königinnenkostüms, als hätte sie nur darauf gewartet, ihn uns zu übergeben.

„Ihr seid mir aber nicht böse, wenn ich nicht mitkomme?", fragt sie zaghaft.

„Ist schon in Ordnung", beschwichtigt Jule sie und wendet sich zum Gehen. „Mir ist ja selbst ein wenig bange zumute. Am besten, wir nehmen Rika mit." Mit einem Grinsen setzt sie hinzu: „Sie ist ja ein gefährlicher Wachhund."

Hat Jule sich da gerade über mich lustig gemacht? Na gut, ich werde genau aufpassen, und wenn ich etwas Verdächtiges bemerke, sofort gefährlich bellen.

Wir steigen die schmale Treppe hinauf, Mara vorneweg, dann komme ich, schwanzwedelnd natürlich, und hinter mir Jule, die mich an der Leine hält. Sie atmet deutlich hörbar ein und aus, sodass Mara stehen bleibt, sich umdreht und fragt: „Alles gut bei dir?"

„Ja, geht schon." Jule versucht ein tapferes Lächeln. „Mir ist nur ein wenig mulmig, wenn ich daran denke, dass Lianes Mörder am Sonntag, genauso, wie wir jetzt, hier hochspaziert ist."

Genau! Da hat Jule recht. Einer der vielen Gerüche hier muss vom Mörder sein! Meine Schnüffelnase hatte am Sonntag schon alle Gerüche aufgenommen, die hier in der Luft hingen. In meinem Hundehirn abgespeichert, warten sie darauf, wieder abgerufen zu werden. So werde ich den Verbrecher erkennen und fangen.

„Ach, ich bin froh, dass wir Rika dabeihaben."

Diesmal macht Jule keinen Scherz, gibt sich selbst einen Ruck, und weiter geht es.

Karoline hatte recht, es ist kein Polizeisiegel mehr an der Tür, und so hält uns nichts zurück. Oder doch? Maras Hände zittern, als sie den Schlüssel ins Schloss steckt. „Schon gut", spricht sie sich selbst Mut zu, dreht den Schlüssel herum und öffnet mit einem Ruck die Tür.

„Gruselig", flüstert Jule. „Nichts erinnert mehr daran, dass hier vor ein paar Tagen eine tote Frau gelegen hat."

Für Menschen ist das wohl so, doch meine Hundenase kann den Tod immer noch riechen.

Ohne sich lange aufzuhalten, durchqueren die beiden Freundinnen den kleinen Flur. Jule betätigt jeden Lichtschalter, an dem sie vorbeikommt, als wenn das Licht die Schatten der Angst vertreiben könnte, die in den Ecken hocken. Wir gehen durch die Küche direkt in das winzige Wohnzimmer, wo eine durchgesessene Couch, ein Tisch, und ein kleiner alter Wohnzimmerschrank stehen. Eine Wand ist schräg, wir befinden uns direkt unter dem Dach. Ein großes Fenster gibt den Blick über die Dächer der Stadt und auf unzählige

Sterne frei. Genau unter diesem Fenster steht ein wackeliger, abgenutzter Schreibtisch, der sehr aufgeräumt aussieht. Leere weiße Blätter und drei Stifte, mehr liegt dort nicht.

„Schöner Blick", bemerkt auch Mara, „aber nach Reichtum sieht es hier wirklich nicht aus. Ich möchte wissen, was der Einbrecher gesucht hat."
„Und warum die arme Liane sterben musste", ergänzt Jule. Wir drei sehen uns gründlich im Zimmer um. In dem alten Schrank, bei dem an den Kanten schon das Furnier abblättert, liegen kreuz und quer eine Handvoll Bücher. Die meisten liegen jedoch auf dem Boden. Spuren des Einbruchs.
„Schau mal, sie hat Stephen King gelesen. Ist alles nur von ihm", stellt Jule fest.
„Nicht ganz, hier liegt ein dicker Bildband über Ägypten." Mara zeigt auf ein großes Buch, das mit dem Buchrücken nach oben aufgeschlagen unter dem Couchtisch liegt. „Einbrecher, Mörder und Bücherhasser?" Jules Freundin schüttelt den Kopf und wiederholt: „Was hat der Typ nur gesucht?"
„Du, wir reden immerzu von dem Verbrecher", korrigiert Jule. „Dabei sind wir doch genau deswegen hier, weil wir glauben, dass es auch eine Frau gewesen sein könnte."
Mara stimmt ihr zu. „Ja, aber irgendwie finde ich die Vorstellung, dass eine Frau Liane umgebracht haben könnte, noch unheimlicher."

In diesem Moment klopft es leise an der Wohnungstür. Die beiden Freundinnen stehen wie erstarrt. Ich besinne mich meiner Rolle als gefährlicher Wachhund und belle so laut und gefährlich, wie ich nur kann. Dadurch erwacht Jule wieder aus ihrer Starre. Sie springt in die Küche, reißt die nächste Schublade auf und hält mit einem Mal ein riesiges, spitzes Messer in der Hand. Mara ist inzwischen auf Zehenspitzen zur Tür geschlichen, Jule folgt ihr und zischt mir leise zu: „Rika. Aus!"

Ich gehorche sofort. Nun stehen wir zu dritt zitternd hinter der Tür und horchen. Ich schnüffele mit der Nase an der Türschwelle und versuche, die Gerüche, die unter der Tür hindurchströmen, einzusaugen. Wieder klopft es, leise und zaghaft.

„Ich bin es, Karoline", klingt es schüchtern von der anderen Seite.

Erleichtert lässt Jule das Messer sinken, während Mara die Tür öffnet.

„Nun bin ich doch heraufgestiegen." Die alte Dame schaut uns an, als würde sie dafür um Entschuldigung bitten. „Aber ich bleibe hier draußen, wenn das in Ordnung ist. Jule, schau mal, da in der Küche müssten noch das Körbchen und das Katzenklo stehen. Ich dachte mir, dass du die Sachen vielleicht brauchen kannst, nachdem du jetzt die Katzenkinder hast." Damit wendet sie sich auch schon wieder zum Gehen.

Sie mag sich wohl nicht in der Nähe des Tatorts aufhalten, auch wenn rein äußerlich nichts darauf hindeutet, dass hier ein Mensch sein Leben lassen musste. Als sie schon zwei Treppenstufen hinabgestiegen ist und sich dadurch mit mir beinahe auf Augenhöhe befindet, wendet Karoline sich noch einmal um. „Werft den Schlüssel dann einfach in meinen Briefkasten, ihr Lieben. Ich hab noch etwas zu erledigen."

Mara blickt zunächst verdutzt auf ihre Armbanduhr, dann auf die alte Dame, sagt aber nichts. Kaum ist Karoline verschwunden, schauen sich die beiden Frauen noch einmal gründlich in Lianes Behausung um. Die Wohnungstür ist bereits wieder sorgfältig verschlossen.

Jule lehnt mit dem Po am Küchenschrank und lässt den Blick durch die offene Tür hinüber in Lianes Wohnzimmer schweifen.

„Findest du nicht auch, dass es trotz der Unordnung, die der Einbrecher hinterlassen hat, ziemlich aufgeräumt hier aussieht?"

Ich liege unter dem Schreibtisch, von wo aus ich die ganze kleine Wohnung im Blick habe, höre aufmerksam zu und versuche, mir all das zu merken, worüber die beiden sprechen.

„Hm. Eher leer und ein bisschen ärmlich würde ich sagen", antwortet Mara und inspiziert derweil das Schlafzimmer. Auch dort herrscht Unordnung, die Wäsche wurde aus dem großen Kleiderschrank herausgerissen und auf dem Boden verstreut, die Matratze des Bettes steht schräg hochgeklappt an der Wand. Die Nachttischlampe auf dem kleinen Nachtschränkchen ist umgefallen. Gedankenverloren stellt Mara sie wieder hin und spielt an dem Schalter. Nichts passiert.

„Kaputt", bedauert sie. Dabei fällt ihr Blick auf eine kleine Figur, die auf dem Boden liegt. Sie sieht aus wie ein Mensch mit Hundekopf, finde ich.

„Anubis", sagt Mara leise, während sie die Figur aufhebt und auf den Nachtschrank stellt.

„Wie?", schreckt Jule aus ihren Gedanken auf. „Sagtest du eben Anubis?"

„Ja, warum verwundert dich das so sehr?" Mara kommt zurück in die kleine Küche und sieht Jule fragend an.

„Weil Anubis Lianes Passwort für den Computer im Tierheim war."

Mara stöhnt leise auf: „Stimmt, wir wollen ja die Mails noch zusammen anschauen, und es ist schon 22 Uhr."

„Was, so spät schon?" Jule ist irritiert „Wo will Karoline denn um diese Zeit noch hin?"

Ich kann es Jule am Gesicht ablesen, dass sie Sehnsucht nach ihrem Bett hat.

„Lass mich wenigstens die Bücher aufräumen", bietet Mara an. „Schau du inzwischen nach dem Katzenklo und dem Körbchen."

„Oh, die hätte ich jetzt beinahe vergessen", gibt Jule zu. „Dabei kann ich sie wirklich gut gebrauchen für die drei Kleinen."

Wenige Minuten später stehen wir abmarschbereit in der Küche, Jule trägt mit der linken Hand das Katzenklo und hält meine Leine in der rechten. Mara versucht, das Katzenkörbchen möglichst weit von sich wegzuhalten, wegen ihrer Allergie.

In diesem Augenblick klopft es schon wieder an der Tür, allerdings viel energischer als vorhin. Wir stehen aufs Neue wie erstarrt da, selbst ich habe vor Schreck das Bellen vergessen. Dann muss Mara niesen.

Kapitel 9 Schon wieder Polizei

Maras Niesen ist das Zeichen, dass die Stille beendet ist. Erneut klopft es an der Tür, nein, es ist mehr ein Hämmern. Als wenn jemand kräftig mit der Faust dagegenschlägt.

„Aufmachen, Polizei!"

Jule schreit entsetzt auf, ich halte mich nun auch nicht mehr zurück und belle laut los. Mara lässt das Katzenkörbchen fallen, greift mit der rechten Hand das große Messer vom Küchentisch, das vor Kurzem noch Jule festhielt, und öffnet mit der linken ganz langsam die Tür einen Spaltbreit. Da draußen steht tatsächlich ein Polizist.

„Haben Sie uns erschreckt!" Mara zieht die Tür ganz auf und lässt erleichtert die Hand mit dem Messer sinken.

„Ich war grad auf dem Weg nach Hause. Von der Straße her hab ich hier oben Licht gesehen. Da wollte ich nachschauen, ob alles in Ordnung ist. Haben denn meine Kollegen die Wohnung schon freigegeben?"

Es ist der nette Polizist, der mir Montagabend so freundlich den Kopf gestreichelt hat. Heute trägt er allerdings keine Uniform. Ein Lächeln huscht über sein Gesicht, als er Jule erblickt, die immer noch das Katzenklo und meine Leine festhält und wie versteinert dasteht.

„Die Wohnung wurde von der Kripo heute Nachmittag freigegeben. Wir haben den Schlüssel von Fräulein Kossmehl bekommen und dürfen uns die Sachen für die Katzen holen", erklärt Mara unsere Anwesenheit. Über unsere Herumschnüffelei schweigt sie lieber.

„Wir wollten sowieso gerade gehen", fügt Jule hinzu, die nun endlich aus ihrer Starre erwacht und das Lächeln des Polizisten erwidert.

Der Polizist stellt sich als Franco Rossi vor und bietet an, das sperrige Katzenkörbchen sowie das Katzenklo die schmale Treppe hinunterzutragen. Mara ist heilfroh, dass sie ihre Nase nicht mehr so dicht an diesen Niesauslöser halten muss. Sie wirft den Schlüssel wie versprochen in den Briefkasten mit dem Schildchen „Kossmehl".

Vor der Haustür schaut Franco sich suchend um: „Wo haben Sie denn Ihr Auto geparkt?"

„Da hinten bei der Metzgerei." Mara deutet mit der Hand in Richtung der nächsten Straßenecke und will schon nach dem Katzenkörbchen greifen.

„Nein, nein", wehrt der Polizist ab, „Ich bin ja nicht mehr im Dienst heute und trage euch, ähm, Ihnen die Sachen gern bis zum Auto."

„Ist schon okay", sagt Jule lächelnd, „du kannst ruhig Jule und Mara sagen." Dabei schaut sie ihn mit großen Augen an und sieht sehr hübsch aus in ihrem Blümchensommerkleid. Franco scheint das zu gefallen, denn seine Augen leuchten genauso froh, wie die von Jule. Er kann den Blick gar nicht mehr von ihr lassen. Einmal stolpert er fast am Bordstein, weil er nicht auf den Weg schaut, sondern nur auf Jules Gesicht. Mara blickt zu mir und deutet grinsend einen Kussmund an. Ich wedele mit dem Schwanz, als Zeichen dafür, dass ich sie verstanden habe. Wenn wir beide jetzt still und heimlich in die andere Richtung laufen würden, würde Jule das wohl gar nicht auffallen. Doch ich bleibe lieber an ihrer Seite und höre zu, was Franco zu erzählen hat, da ist nämlich auch von mir die Rede.

So erfahre ich, dass er uns Vierbeiner sehr gern hat und als Kind einen kleinen Hund besaß, der Rambo hieß. Seit er Polizist geworden ist, habe er allerdings einfach keine Zeit mehr für einen eigenen Hund, bedauert Franco.

Oh, das tut mir auch leid. Ich stupse Jule mit der Schnauze und belle einmal kurz. Dabei schaue ich zu Franco und wedele mit dem Schwanz.

Er lacht: „Rika scheint mich ja zu mögen, vielleicht könnte ich mit ihr eine Runde Gassi gehen, wenn ich das nächste Mal freihabe?"

Diese Idee gefällt mir und ich wedele noch heftiger. Auch Jule scheint nichts dagegen zu haben, wie ich an ihrem Lächeln und ihren Augen erkennen kann. Sie tauscht mit Franco die Telefonnummern aus, kaum das wir an Maras Auto angekommen sind und er die Hände wieder frei hat.

„Bis bald", verabschiedet sich Franco. Er streichelt mir lächelnd den Kopf und hat dabei die Augen fest auf Jule gerichtet. „Ich freue mich. Sehr."

„Ich auch", strahlt Jule. „Und danke fürs Tragen." Sie winkt ihm noch zu, als wir im Auto sitzen und losfahren.

„Oh je", lacht Mara, „da braut sich was zusammen!"

„Was?" Jule spielt die Arglose. „Zieht etwa schon wieder ein Gewitter auf?"

Weil es schon spät ist, und sie am nächsten Morgen gemeinsam die E-Mails von Liane anschauen wollen, bleibt Mara mit Flocke über Nacht bei uns. Ich habe mein Körbchen nun wieder ganz für mich allein, da Jule die Katzenkinder in das Körbchen aus Lianes Wohnung legt. Allerdings spüre ich mitten in der Nacht wieder etwas Weiches, Kleines, das sich an meinen Bauch schmiegt. Im Halbschlaf wedele ich mit dem Schwanz und freue mich. Das Kuscheln der Kleinen hätte ich sonst auch vermisst.

Am Morgen werde ich unsanft aus dem Schlaf gerissen. Jemand klingelt Sturm! Diesmal an unserer Haustür.

„Meine Güte", stöhnt Jule. Sie ist noch im Pyjama, bestehend aus kurzer Hose und T-Shirt, und reibt sich den Schlaf aus den Augen. „Acht Uhr. Aber es fühlt sich an, wie mitten in der Nacht."

„Nee, oder? Das wird doch nicht schon wieder die Polizei sein? Um diese Zeit?" Mara gähnt und huscht ins Bad. „Ich bin nicht da, ich bin ja nur der Besuch."

Jule tappt mit nackten Füßen zur Tür, und ich begleite sie bellend. „Rika, aus!", beschwichtigt sie mich. Na gut, ich belle nicht mehr. Erst einmal. Aber ein bisschen Knurren ist erlaubt, oder? Ich werde dem Störenfried zeigen, dass man so früh keinen anständigen Hund aus dem Schlaf reißt.

„Nehmen Se das Vieh anne Leine!", kreischt es vor der Haustür, kaum dass Jule sie öffnet. Sie stöhnt auf. Da draußen steht die dicke Schmitz von gegenüber, im Morgenmantel und mit so komischen bunten Lockenwicklern im Haar. Da muss ich sie nun doch anbellen. „Rika, ganz ruhig", streicht Jule mir über den Kopf und schiebt mich ein Stück weg, sodass ich hinter ihr stehe und zwischen ihren Beinen hindurch nach draußen sehen kann. Na gut, da ich neugierig bin, zu erfahren, was die Frau will, verlege ich mich erneut auf leises Knurren. So verstehe ich trotzdem, was sie zu sagen hat. Doch so, wie sie weiterkeift, würde sie auch das lauteste Bellen übertönen.

„Der Köter hat mir vor de Tür gekackt!", schreit sie so entrüstet, dass dabei kleine Spucketropfen zwischen ihren gelblichen Zähnen hindurch nach draußen schießen. Jule geht vorsichtshalber einen Schritt zurück, doch die Schmitz folgt ihr. Hat sie das etwa als Einladung aufgefasst, unser Haus zu betreten?

Ich belle sie nun heftiger an. Und tatsächlich weicht sie einen Schritt zurück, wobei sie schon wieder anfängt, zu kreischen.

„Gemeingefährlich is das Viech, verboten gehört das, jawoll!" Sie schimpft weiter und möchte wohl am liebsten gar nicht mehr aufhören. Doch irgendwann muss auch Frau Schmitz einmal Luft holen, sonst würde sie womöglich mit einem lauten Plumpsen in unseren Vorgarten kippen.

Diese Chance nutzt Jule, um zu erwidern, dass ich es ganz gewiss nicht gewesen bin, die ihr Häufchen vor Schmitz' Haustür gesetzt hat, da sie mich immer an der Leine bis zum Stadtpark führt. Hin und her geht es, und die dicke Frau behauptet, dass ich ja erst neulich ohne Leine auf sie zugerannt wäre und sie beißen wollte. Von all dem Krach angelockt, tapsen die drei Katzenkinder herbei, bleiben aber sicherheitshalber hinter mir stehen und schauen neugierig in Richtung Tür.

„Ja, iss das 'n Tierheim hier, oder was?", geht das Gekeife sofort weiter. „Das is ja asozial!"

Die Frau redet sich so in Rage, dass Jule ratlos schaut und gar nicht weiß, was sie tun soll. Ich knurre drohend etwas lauter. Da kommt Mara zu Hilfe. Sie hat Jules Bademantel übergeworfen, umfasst Jule an der Schulter und zieht sie sanft ins Haus zurück. „Komm Süße, hat eh keinen Zweck." Damit schlägt sie die Haustür einfach zu.

Ein Aufschrei kommt von draußen: „Frechheit!"

Langsam aber wird das Geschimpfe leiser, und ich höre, wie schlurfende Schritte sich entfernen.

„Nun erst mal Frühstück, das haben wir uns verdient", grinst Mara. „Welchem Gruselfilm ist die denn entsprungen?"

Jule zuckt hilflos mit den Schultern. „Weiß auch nicht. Am Anfang war sie ganz nett oder tat zumindest so. Seit letzter Woche spinnt sie völlig."

Kaffeeduft erfüllt das Haus, als Mara, Flocke und ich von der morgendlichen Gassirunde aus dem Stadtpark zurückkommen. Leider hat Mara mich nicht von der Leine gelassen, sodass ich nur brav neben Flocke herschleichen und tun konnte, was ein Hund am Morgen zu erledigen hat. Sicher ist die dicke Schmitz schuld daran, dass ich nicht beim Tierheim Hallo sagen konnte. Sie drückte nämlich ihre Nase an der Fensterscheibe platt, als wir losgezogen sind, so als wartete sie nur darauf, einen neuen Grund zum Schimpfen zu haben.

Jule ist inzwischen geduscht und duftet nach Obst und Blumen. Passend dazu trägt sie ein kurzes Sommerkleidchen, eigentlich mehr ein T-Shirt.

Nun wird es aufregend, denn die beiden Freundinnen setzen sich mit ihren Kaffeetassen aufs Sofa und blicken gemeinsam in Jules Notebook.

Nachdem Jule diesen Stick hineingeschoben und leise murmelnd das Passwort Anubis eingegeben hat, tut Mara das gleiche an ihrem eigenen Notebook. So können die beiden nun tatsächlich Lianes E-Mails lesen.

Jule blickt ihre Freundin verlegen an: „Du, irgendwie habe ich ein schlechtes Gewissen. Anderer Leute E-Mails lesen, das tut man doch nicht."

„Du Schaf", lacht Mara leise und stupst Jule liebevoll in die Seite. „Sich unter falschem Namen bei Onlinedatings als Mann ausgeben, das tut man auch nicht. Und außerdem wollen wir einen Mord aufklären."

„Hast ja recht." Jule nickt tapfer. „Also fangen wir an! Unter einer Bedingung."

Mara zieht fragend eine Augenbraue hoch: „Welche?"

„Du liest meine Mails an Philipp nicht und ich nicht deine, die du an Manuel geschrieben hast."

„Einverstanden."

Die beiden klicken und lesen sich immer wieder gegenseitig Passagen aus E-Mails vor. So finden sie acht weitere Namen, unter denen Liane sich innerhalb der letzten zwei Monate als Mann ausgegeben hat: Peter, Klaus, Erik, Michael, Jörg, Markus, Günter und Franz. Die kontaktierten Frauen haben alle eines gemeinsam – sie sind auf Männersuche, tierlieb und besitzen bereits ein Haustier. Das Alter variiert von Ende zwanzig bis Anfang sechzig. Jule schreibt die Namen aller Frauen fein säuberlich auf eine Liste: Es sind, Mara und Jule nicht mitgerechnet, acht Frauen.

Plötzlich deutet Jule auf den Bildschirm. Sie sieht ein klein wenig erschrocken aus. „Die hier kenn ich!"

Mara lacht und zieht fragend eine Augenbraue hoch. „Wen? Die da … Yvonne …, die aussieht wie Winnetous Schwester?"

Nun lacht auch Jule. „Ja, und sie ist anscheinend auf dem Kriegspfad."

Ich verstehe leider gar nichts. Wer ist Winnetou und wo ist Krieg? Zum Glück folgt die Erklärung, denn Jule erzählt Mara von unseren zwei Beinahezusammenstößen mit der Frau, die Federn im Haar trägt.

„Sie kam uns schimpfend aus der Zoohandlung und aus dem Tierheim entgegengestürzt."

Aha, ich verstehe, sie reden von der Frau mit den schwarzen Haaren, die so lustig bunt gekleidet war und süß wie ein Erdbeerkörbchen roch.

„Und sie hatte Kontakt mit Liane, die sich ihr gegenüber als Peter, 51 und Taxifahrer, ausgab." Mara deutet auf den Bildschirm und grinst. „Die Federn im Haar sind wohl ihr Markenzeichen."

Jule sagt eine Weile gar nichts mehr, sie denkt nach. Dann sagt sie: „So wütend, wie diese Yvonne die beide Male drauf war, als ich sie traf, trau ich der alles zu! Auch, dass sie jemandem an die Gurgel springt, der sie heftig geärgert hat."

Mara gibt ihr recht und denkt gleich wieder sehr pragmatisch, denn sie schlägt vor: „Dann fangen wir doch bei dieser Indianer-Yvonne an. Sie schreibt, dass sie draußen auf dem alten Mühlenhof wohnt. Das ist nicht weit von hier. Wir könnten ganz unauffällig mit den Hunden dort vorbeispazieren und uns die Dame etwas näher anschauen."

Spazieren? Ich bin dabei und belle erwartungsvoll!

Jule lacht. „Na, wenn Rika schon zugestimmt hat, kann ich ja nicht mehr Nein sagen. Lass uns nur noch schnell die anderen Mails überfliegen."

„Schau, Liane hat sich für jede Altersgruppe ein passendes Profil angelegt." Jule ist nun ehrlich entrüstet. „Erika, 59, hat sich Hoffnungen auf Günter, 62, Beamter und Kleingärtner, gemacht. Und Jasmin, 28, auf Markus, 30, Softwareingenieur, der gern Motorrad fährt. Das ist und bleibt mies!"

Mara ist der gleichen Meinung und weist auf ein weiteres Detail hin: „Hm, wenn ich das richtig sehe, hat Liane immer nach ungefähr zwei Wochen den Kontakt abgebrochen."

„Klar, dann hat sie ein Kätzchen untergebracht und fertig." Jule überlegt und zieht dabei die Stirn kraus. „Liane muss vor Willy und seinen Geschwistern schon andere Kätzchen verteilt haben, wenn ich Karoline richtig verstanden habe."

Ein erneutes Klingeln an der Tür unterbricht die spannenden Überlegungen. Jule öffnet nur zögernd, aus Angst, es könnte schon wieder die keifende Frau Schmitz davorstehen. Dann strahlt ihr

Gesicht und sie ruft verzückt: „Franco! Das ist ja eine nette Überraschung. Komm doch rein."

Franco tritt ein und blickt Jule unglücklich an. „Tut mir leid, aber ich bin dienstlich hier."

Vor dem Haus steht ein Streifenwagen.

„Was ist passiert?", flüstert Jule und das Lächeln verschwindet aus ihrem Gesicht.

„Nun, es ist mir ein wenig peinlich, aber wir müssen der Sache nachgehen. Normalerweise sollte mich mein Kollege begleiten, aber ich hab ihn gebeten, im Auto zu warten."

„Ja, was ist denn los", will nun auch Mara wissen.

„Setz dich erst mal. Darf ich dir einen Kaffee anbieten?" Jule versucht tapfer, die Peinlichkeit der Situation zu überspielen.

Franco schaut sie dankbar an: „Unseren ersten gemeinsamen Kaffee hatte ich mir schon ein wenig anders vorgestellt, aber danke, ich nehme gern einen. Schwarz und ohne Zucker, bitte."

Etwas entspannter sitzt der nette Polizist wenig später Jule gegenüber, die Kaffeetasse in der Hand. „Also, um auf den Punkt zu kommen. Wir haben eine Anzeige erhalten und müssen das Ganze überprüfen."

„Oh nein, die dicke Schmitz!" Mara springt auf und schickt wütende Blicke wie Blitze zur Haustür, als ob diese die Tür durchdringen und direkt auf der anderen Straßenseite einschlagen könnten.

„Den Namen darf ich euch nicht nennen. So sind die Vorschriften." Franco hebt bedauernd die Schultern. „Auf jeden Fall gibt es jemanden, der Anzeige erstattet hat, dass hier zwei Frauen in asozialen Verhältnissen leben, das Haus voller aggressiver Tiere, die bereits ahnungslose Passanten angefallen hätten."

„Asozial?" Jule springt entrüstet auf. „Das Haus voller aggressiver Tiere?" Sie ist den Tränen nah über so viel Gemeinheit, greift nach

Willy, der gerade um ihre Beine streicht, hebt ihn hoch und hält ihn Franco hin: „Da, sieht so ein aggressives Tier aus?"

Nun steht auch Franco auf, legt Jule beschwichtigend die Hand auf den Arm und schaut sie mit sanften Augen an.

„Nicht aufregen, bitte. Ich hab ja nicht gesagt, dass ich den Unsinn glaube. Nur müssen wir solchen Sachen immer nachgehen, leider."

„Wie kann man so lügen? Was haben wir der Frau nur getan?"

Jule fällt es schwer, sich zu beruhigen. Zumindest setzt sie sich wieder, Mara und Franco tun es ihr nach. Ich lege meinen Kopf auf Jules Knie, denn ich weiß, dass ihr das immer guttut, wenn sie traurig ist. Franco stellt noch ein paar Fragen und macht sich Notizen. Welche und wie viele Tiere hier leben, zum Beispiel. Er erfährt auch, dass Mara und Flocke nur zu Besuch hier sind.

„Das weiß die Schmitz auch!", ruft Jule noch einmal wütend aus. Zum Schluss schildern Mara und Jule, wie ich Frau Schmitz vor einer Woche angebellt habe.

„Aber nie würde Rika jemanden anfallen oder gar beißen", nimmt Jule mich in Schutz und streichelt mir besonders liebevoll über den Kopf.

„Wir werden die Sache klären", verspricht Franco. „Und dann kann die Person, die euch angezeigt hat, unter Umständen viel Ärger bekommen, wegen übler Nachrede und Irreführung der Behörden."

„Na hoffentlich!", wünscht sich Mara. „Sie soll spüren, dass ihre Bosheit nach hinten losgeht!"

„Ich melde mich, sobald es etwas Neues gibt. Und bis dahin seid ihr bitte vorsichtig und provoziert sie nicht." Franco sieht Jule ermutigend an. „Danke für den Kaffee. Und als Wiedergutmachung für all die Aufregung würde ich dich gern zum Essen einladen. Die nächsten Tage muss ich arbeiten, aber wie wäre es am kommenden Freitag?"

Jules Augen strahlen: „Ja, sehr gern." Sie schenkt Franco ein süßes Lächeln. „Dazu hätte ich aber auch ohne den ganzen Ärger nicht Nein gesagt."

Francos Einladung hat einen Großteil des Zorns von Jule abfallen lassen. Trotzdem klappt sie nun entschlossen das Notebook zu, springt auf und ruft: „Ich muss jetzt erst mal an die Luft! Kommt jemand mit?"

Was? Wie? Ja, ich natürlich! Es war doch schon vor ewigen Zeiten vom Spazierengehen die Rede. Also springe ich ebenfalls auf, renne zur Tür und belle auffordernd, bevor Jule und Mara es sich wieder anders überlegen. In Maras Auto schließe ich die Augen und döse, denn während der kurzen Fahrt dreht sich das Gespräch nur um Franco, den freundlichen Polizisten. Jule scheint sich sehr auf das Abendessen mit ihm zu freuen und schwärmt von seinen braunen Augen. Mara lacht und meint, dass ihr eher sein knackiger Po aufgefallen wäre. Solche Themen ermüden mich einfach …

Kapitel 10 Die Federfrau

Als das Auto auf einem kleinen Parkplatz am Stadtrand zum Stehen kommt, bin ich sofort hellwach. Es stehen schon ein paar andere Autos dort. Das schöne Wetter lockt am Wochenende die Menschen in die Natur hinaus.

Flocke und ich, wir dürfen frei laufen, ohne Leine. Wobei Flocke eher in Zeitlupe neben Mara hertippelt, an jedem zweiten Grashalm sein kurzes Dackelbein hebt und dann mit einem lustigen Hüpfer versucht, die Verzögerung wieder aufzuholen. Na gut, dann renne ich eben für zwei! Es sind noch mehr Hunde unterwegs, und so bin ich sehr beschäftigt mit Beschnuppern, Begrüßen und Fangen spielen.
Ein Pfiff von Jule ruft mich zurück, denn wir gehen heute nicht wie sonst den Weg am Wald entlang, sondern biegen nach links ab auf einen Feldweg, dem Mühlenhof zu. Auf dem Weg sind tiefe Furchen, von Traktoren und den großen Maschinen, mit denen die Bauern die Felder abgeerntet haben. Stoppelfelder sind prima, da kann ich die Mauselöcher ganz einfach finden. Ja, ich bin ein Jagdhund, und das werde ich den Mäusen jetzt zeigen! So viele Mauselöcher, ich kann mich gar nicht entscheiden, wo ich zuerst buddeln soll, flitze hin und her und stecke überall schnüffelnd meine Nase hinein. Da ertönt schon wieder ein Pfiff von Jule. Nun aber schnell, ich scharre und grabe mit den Vorderpfoten, dass mir die Erde nur so um die Ohren fliegt. Schnell ist das Loch groß genug, um meine Schnauze ganz hineinzustecken, und der Mäusegeruch wird intensiver. Noch einmal pfeift Jule, lauter und länger als sonst – oh je. Ich hab sie wohl gerade

verärgert und renne zu ihr, so schnell ich kann. Trotzdem bedauere ich zutiefst, die spannende Mäusejagd abbrechen zu müssen.

Jule und Mara sind inzwischen beim Mühlenhof angekommen. Sie bleiben am Zaun stehen, als wollten sie die prächtigen Sonnenblumen bewundern, und sehen sich dabei unauffällig Garten und Haus an. Auch ich schaue mich gelangweilt um, denn ich kann außer den beiden Freundinnen keinen Menschen entdecken. Wäre ich doch bloß bei meinem Mauseloch geblieben. Genau vor meiner Nase ist eine Lücke im Zaun. Ein Stück Zaunlatte fehlt, groß genug, um meinen Kopf hindurchzustecken und zu erschnüffeln, was auf der anderen Seite ist.

Ich blicke in leuchtende orange-rote, ja, fast glühende Augen. Darunter befindet sich ein kleiner spitzer Schnabel, der eindeutig in meine Richtung zeigt. Der Schreck fährt mir durch alle vier Pfoten, sodass ich gar nicht anders kann, als mich blitzschnell durch die Zaunlücke zu zwängen und mich auf das gefährlich aussehende Untier zu stürzen. Mit lautem Gegacker versucht es, zu fliehen, doch es hat nicht mit meiner Jagdhundehre gerechnet. Dass ich die Mäuse ungefangen zurücklassen musste, hat mich schwer gekränkt. Jetzt will ich einfach wahnsinnig schnell sein, damit mir nicht auch dieses gackernde und mit den Flügeln schlagende Huhn entwischt. Mit einem einzigen Satz stürze ich mich auf das Huhn, dessen Gegacker mittlerweile eine Lautstärke erreicht hat, die meinen Ohren wehtut und alles andere übertönt.

Dass ich Jule, wie aus weiter Ferne, meinen Namen rufen höre, muss eine Hundeohrentäuschung sein, oder? Ich habe keine Zeit, mich jetzt mit der Klärung solcher Nebensächlichkeiten zu befassen. Bevor das

Flattertier flüchten oder gar Jule und Mara angreifen kann, habe ich es erreicht und mit einem kurzen Schnapp zum Schweigen gebracht.

Stolz trage ich meine Beute im Maul, der Kopf des Huhns hängt schlaff auf der einen Seite herunter, der Körper auf der anderen. Nun sollte himmlische Ruhe herrschen, des erhabenen Augenblicks würdig. Stattdessen setzt ein Gezeter ein, so fürchterlich laut und schrill, dass das Hühnergegacker ein Schlaflied dagegen war. Ein pink-grün-gestreiftes Riesenhuhn stürzt kreischend und flügelschlagend auf mich zu …

Doch halt, jetzt geht wirklich mein Jagdinstinkt mit mir durch. Es ist kein Huhn, das da auf mich zugeschossen kommt, sondern diese komische Indianerschwester mit den bunten Federn im Haar. Sie kreischt etwas Unverständliches, ich höre nur die Worte aus und Hertha. Im nächsten Augenblick packt sie mein Halsband, schüttelt mich, als hätte sie mich erbeutet, und zerrt mit der anderen Hand tatsächlich an dem Huhn.

„Aus! Aus! Aus!", kreischt sie weiter, und ihre Stimme überschlägt sich, sodass sie sich fast verschluckt und erschrocken nach Luft schnappt. Endlich dringen Jules und Maras Rufe an mein Ohr. Auch von ihnen kommt deutlich der Befehl: „Rika, aus!"
Ein Hund sollte wissen, wann es sich lohnt, zu kämpfen und wann es besser ist, aufzugeben. Ich ergebe mich der menschlichen Übermacht, lasse das Huhn los und setze mich brav auf meine Hinterläufe. Zwar bin ich enttäuscht, aber auch gespannt, was als Nächstes passieren wird.

Jules und Maras Rufe verstummen, die beiden eilen am Zaun entlang auf das Tor zu. Die Indianerschwester lässt mein Halsband los, wirft einen Blick auf das reglos am Boden liegend Huhn und eilt ebenfalls auf das Tor zu, nur von der Innenseite des Hofes. Schön wäre, wenn sie dabei genauso ruhig bliebe, wie Mara und Jule. Doch nach der kurzen Atempause schimpft und zetert sie schon wieder weiter. Abermals verstehe ich nur einzelne Worte, höre aber deutlich Mörder, Bestie und Verbrecher heraus. Oh je, meint die schimpfende Federfrau etwa mich? Aber ich musste das Huhn einfach verfolgen, es hat mich provoziert.

Mara und Jule stehen draußen vor dem Tor, das ihnen, wie der Zaun, nur bis zur Brust reicht. So können sie der Frau direkt in die Augen schauen, die ihnen im Hof gegenübersteht und über das geschlossene Tor hinweg weiterschimpft. Während Jule versucht, die Frau zu beruhigen, sitze ich regungslos da, wie eine Hundestatue, und beobachte die drei Frauen ganz genau. Trotzdem nehme ich aus dem Augenwinkel plötzlich eine Bewegung wahr. Das tot geglaubte Huhn erhebt sich, flattert ein paar Mal mit den Flügeln, wie um auszutesten, ob sie noch dran sind, und rennt dann laut gackernd und flügelschlagend auf die Scheune zu.

Plötzlich ist es ganz still. Das gackernde Huhn hatte auch die Blicke der drei Frauen am Tor auf sich gezogen. Nun, da es in der Tiefe der Scheune verschwunden ist, wenden sich die Gesichter der Menschen dem Hund zu, der immer noch brav auf seinen Hinterbeinen sitzt – nämlich mir. Ich bin etwas irritiert, weiß nicht, wie ich reagieren soll, deshalb warte ich weiter ab und lecke mir unauffällig ein paar winzige, verräterische Hühnerfedern vom Maul.
Die Federfrau beendet die seltsame Stille, indem sie anfängt, schallend zu lachen. Dabei zeigt sie mit dem Finger auf mich, was mich noch mehr verunsichert. Als sie dann das Tor öffnet, um Jule, Mara und Flocke hereinzubitten, erlöse ich mich selbst aus meiner Starre und stürme freudig schwanzwedelnd auf Jule zu.

Alle scheinen erleichtert, dass nichts Schlimmes passiert ist, und sogar die Indianerschwester ist wie ausgewechselt. Sie lacht und versucht, Jule davon abzuhalten, mit mir zu schimpfen.

„Rikarda ...", weiter kommt Jule nicht.

„Nun lassen Sie den armen Hund doch. Es ist doch alles gut ausgegangen." Die Federfrau schiebt sich zwischen Jule und mich und tätschelt mir den Kopf. So, wie sie das macht, hab ich es eigentlich nicht so gern. Aber besser, als wenn Jule mit mir schimpft, finde ich es allemal.

„Ich bin Yvonne", sagt sie und hält Jule und Mara die Hand zur Begrüßung hin.

„Ja, ich wei ... bin Jule, und das ist meine Freundin Mara."

Oh je, da hat Jule gerade noch die Kurve gekriegt!

Yvonne erklärt, dass sie Hunde über alles liebt und nur deshalb so ausgerastet sei, weil Hertha ihre beste Legehenne ist.

Wieder und wieder streicht sie mir über den Kopf, flüstert dabei:

„Du schöner, schöner Hund ", und schaut mich ganz verliebt an. Es sieht lustig aus, wenn ich zu ihr hochblicke. Die bunten Federn scheinen direkt aus ihrem Kopf zu wachsen.

Mara besinnt sich als Erste, warum wir überhaupt hier sind, und lenkt das Gespräch von Hunden über Tiere im Allgemeinen hin zu Katzen.

Yvonnes Lächeln verschwindet, sie schaut immer wieder zum Haus, als fürchte sie sich davor, bei etwas Verbotenem erwischt zu werden. Vorsichtig zieht sie Mara am Arm weiter in Richtung Garten, weg vom Haus.

„Habt ihr Katzen?", fragt sie.

„Ja, warum fragst du?", kontert Jule, und ich kann leichtes Misstrauen in ihrem Blick erkennen.

Yvonne läuft noch ein paar Schritte weiter auf den Garten zu, dann sagt sie leise: „Ich hatte Ärger mit meinem Mann. Wegen einer Katze. Ich musste sie wieder fortgeben."

„Was?" Mara tut sehr erstaunt. „Der Mühlenhof ist doch der perfekte Ort für eine Katze."

„Das stimmt", gibt Yvonne zu. „Aber mein Mann mag Katzen nicht besonders. Und diese eine hat er gehasst, ich musste sie umgehend fortbringen, sonst hätte er ihr Schlimmes angetan."

„Oh je, warum das denn?"

Täusche ich mich, oder blitzt in Jules Augen etwas auf, das ich selbst nur allzu gut kenne - Jagdfieber? Sie glaubt, auf der richtigen Spur zu sein. Ihr Blick hängt wie gebannt auf Yvonnes Gesicht, weil sie die Antwort kaum erwarten kann.

„Na gut, euch kann ich es ja erzählen." Yvonne wird noch leiser und sie schüttelt den Kopf, als könnte sie es selbst nicht glauben. Die bunten Federn wackeln dabei lustig hin und her.

„Ich hab Mist gemacht, und mein Mann ist dahinter gekommen." Wieder stockt sie und ich sehe, dass Jule sich auf die Zunge beißt, um nicht zu drängeln, indem sie weiter, weiter … ruft.

Mara stellt es geschickter an, sie fragt vorsichtig nach: „Hat das etwas mit einem anderen Mann zu tun?"

Yvonne wirft erneut einen kurzen Blick zum Haus hinüber und nickt. „Ich fühlte mich abends so oft allein, wenn Bernd noch in der Firma war. Und da hab ich mich, wirklich nur zum Spaß, bei so einem Onlinedating angemeldet. Mein Mann hätte nie etwas gemerkt, wenn dieser Peter mir vor drei Wochen kein Kätzchen im Karton vor die Tür gestellt hätte, mit einer roten Rose darauf!"

Die Federfrau wird schon wieder wütend. Ich glaube, sie hat ein Problem, das viele Menschen haben – sie gibt immer anderen die

Schuld an dem Schlamassel, in den sie gerät. Mit Jules Hilfe beruhigt Yvonne sich jedoch schnell wieder.

Wir erfahren, dass sie sich zwar sehr über das Kätzchen gefreut hat, den Karton mit der Rose jedoch schnell in der Scheune versteckte, damit ihr eifersüchtiger Mann ihn nicht fand. In der Stadt kaufte sie ein Katzenkörbchen, ein Katzenklo und was die kleinen Biester sonst noch so brauchen. Ihrem Mann erzählte sie, das Kätzchen sei ihr zugelaufen, und das kleine Wesen täte ihr gut, wenn sie längere Zeit hier ganz allein wäre. So duldete er den neuen Hausgast, seiner Yvonne zuliebe. Leider vergaß sie den Karton mit der Rose in der Scheune, wo ihr Mann ihn ein paar Tage später fand.

„Wir hatten einen Riesenkrach, er ist ja so eifersüchtig!", schluchzt Yvonne. „Wir haben uns zwar schnell wieder versöhnt, aber Bernd bestand darauf, dass das Kätzchen fortkommt. Darum lebt es jetzt bei den Nachbarn auf dem Pferdehof im Stall mit fünf anderen Katzen. Außerdem versprach ich meinem Mann, den extra angeschafften Katzenkrimskrams zurückzubringen und mir das Geld wiedergeben zu lassen. Doch obwohl die Sachen fast noch neu waren, nahm der Laden sie natürlich nicht zurück." Wieder wirft Yvonne einen besorgten Blick zum Haus hinüber.

Mir fällt an dieser Stelle unsere erste Begegnung wieder ein, als Yvonne, *Saftladen!* schimpfend, aus meinem Lieblingsladen gestürmt kam. Jetzt verstehe ich. Die Federfrau erzählt weiter, dass das Tierheim die Sachen zwar gern genommen hat, aber nur als Spende, was unsere zweite Begegnung erklärt.

An dieser Stelle bin ich mir sicher, dass Yvonne nicht Lianes Mörder ist. Sie regt sich zwar schnell auf, aber ihre Wut verraucht auch im Pfotenumdrehen wieder.

„Warum schaust du eigentlich immer zum Haus?", fragt Jule, und ich wedele vor Freude mit dem Schwanz, denn diese Frage stelle ich mir auch schon die ganze Zeit.

„Ich möchte nicht, dass Bernd mitbekommt, worüber wir reden. Das Thema wollen wir nicht mehr ansprechen. Am letzten Wochenende haben wir uns wieder versöhnt und hatten richtig Spaß beim Open Air Rock the Docks in Zug."

„Rock the Dogs?", fragt Mara verwundert. „Ein Rockfestival für Hunde?"

Yvonne lacht und schüttelt so heftig den Kopf, dass ich befürchte, ihre bunten Federn könnten davonfliegen, während ich mir gleichzeitig vorzustellen versuche, wie ein Rockkonzert für Hunde ablaufen könnte. Wenn von der Bühne Who let the Dogs out? herunterdröhnt, würden beim who-who-who alle Hunde rhythmisch bellen, mit dem Schwanz wedeln und vor Begeisterung im Chor mitheulen. So mache ich es jedenfalls immer zu Hause, wenn Jule diesen Song laufen lässt.

„Nein", Yvonne kann gar nicht aufhören zu lachen, und es steht ihr viel besser, als das Wütendsein. „Es heißt Docks, weil es in der Schweizer Stadt Zug direkt am Seehafen stattfindet. Wir haben kaum geschlafen, waren erst Montagfrüh zurück, aber es hat uns und unserer Beziehung sehr gut getan, gemeinsam abzurocken."

Wenn ich mich nicht irre, sehe ich Erleichterung in den Gesichtern von Mara und Jule aufleuchten. Wahrscheinlich geht es ihnen wie mir, sie haben diese flippige Federfrau in ihr Herz geschlossen und sind froh, dass sie Liane nicht ermordet haben kann, weil sie zum fraglichen Zeitpunkt bei diesem Festival war. Sie riecht auch nicht nach Metzger Krumms Leberwurst, das hätte ich längst bemerkt. Nur nach Hühnern, Stroh und diesem komischen Erdbeerparfüm. Die beiden Freundinnen versprechen, von nun an immer Hallo zu sagen, wenn sie in dieser Gegend spazieren gehen, und verabschieden sich. Ich nehme mir vor, Yvonnes Hühner in Ruhe zu lassen. Wenn sie mich nicht wieder provozieren.

Kapitel 11 Orang-Utan Klaus

Der Ausflug zum Mühlenhof hat uns allen gut getan, aber wir sind keinen Schritt weitergekommen bei der Suche nach Lianes Mörder. So setzen sich Jule und Mara wieder vor ihre Notebooks, kaum dass wir zu Hause angekommen sind.

„Ich bin froh, dass Yvonne Liane nicht ermordet haben kann", sagt Jule.

Mara stimmt ihr zu, nickt und spricht: „Ja, das bedeutet aber, dass der Mörder oder die Mörderin immer noch irgendwo herumläuft."

„Und wir haben hier vielleicht ihr Foto und ihren Namen." Jule deutet auf den Bildschirm und die beiden Freundinnen konzentrieren sich ganz auf Lianes Mails.

„Schau mal, hier ist eine Lehrerin, die hat immer wieder E-Mails geschickt, auch als Liane schon längst nicht mehr geantwortet hat." Jule fordert nun Maras volle Aufmerksamkeit. „Der Kontakt begann vor fast zwei Monaten und lief die letzten sechs Wochen nur noch einseitig, weil Liane nicht mehr reagiert hat."

Mara klickt ein paar der E-Mails an, die Jule ihr zeigt, und mit einem Mal prustet sie laut los vor Lachen. „Was ist das denn? Wie hat sich Liane bei dieser Heike genannt?"

„Klaus. Wieso?" Jule kann die plötzliche Heiterkeit nicht nachvollziehen.

„Hihi, hier steht aber …", Mara verschluckt sich fast vor Lachen, „… Orang-Utan-Klaus!"

„Zeig! Wo?" Jetzt grinst auch Jule. „Ach, das ist eine Anspielung auf dieses Lied von Helge Schneider."

Mara versteht den Zusammenhang nicht und sagt: „Ich kenn nur: Katzeklo, Katzeklo, ja, das macht die Katze froh."

Jule kichert mit: „Ja, das kenn ich auch. Und Orang-Utan-Klaus ist eine Katze aus einem anderen Lied von Helge Schneider. Er hat eben einen sehr speziellen Humor."

Mara zeigt Jule noch weitere E-Mails dieser Heike, aus denen hervorgeht, dass auch sie ein Kätzchen von Liane – in diesem Fall von Klaus – bekommen hat und es, da sie ein großer Helge Schneider Fan ist, Orang-Utan-Klaus getauft hat. Von diesem Tage an hat sie auch Klaus, also Liane, in ihren Mails nur noch mit Orang-Utan-Klaus angeredet.

Zuerst schrieb diese Heike zuckersüß, wie sehr sie sich doch über das kleine schwarze Kätzchen gefreut habe, das da am Abend im Karton vor ihrer Tür saß. Und dass sie Klaus nun unbedingt einmal persönlich treffen wolle.

Hm, wenn mein Hundekopf das richtig versteht, hat diese Frau also sofort gewusst oder zumindest geahnt, wer der Absender des Kätzchens war. Und dafür hat sie den angeblichen Klaus umso mehr gemocht.

Als keine Antwort kam, wurden die Mails von Mal zu Mal direkter und ärgerlicher.

„Wir haben etwas Gemeinsames, ein kleines Wesen, das uns verbindet, als Zeichen unserer Seelenverwandtschaft", liest Jule aus einer Mail vor. Und weiter: „Regenbogen-Dämon, du hast mein Herz genommen und bist fortgerannt."

Mara schüttelt verständnislos den Kopf. „Das ist doch krank."

„Nein, das ist von Uriah Heep", glaubt Jule sich zu erinnern. „Zumindest gibt es von der Band einen Song, Rainbow Demon, mit einer ähnlichen Textstelle."

„Wow, was du alles weißt." Mara schaut Jule bewundernd an.

Die lacht nur schelmisch.

„Ich hatte halt 'ne bewegte Jugend."

„Wenn mein Zorn dich findet ..." Mara lacht. „Das kenn ich! Siehste Süße, ich weiß auch mal was. Das ist ein Thriller, der in Las Vegas spielt, von Michele Jaffe. Hab schon ein paar Sachen von ihr gelesen. Oh man, diese Heike hat echt einen an der Waffel."

„Mir tut sie leid." Jule schaut traurig auf den Bildschirm. „Auf dem Foto sieht sie aus wie eine ganz normale Frau Mitte vierzig. Wer weiß, wie lange sie schon verzweifelt einen Mann sucht. Und dann hat Liane ihr mit diesem Kätzchen Hoffnungen gemacht. Das ist mies."

„Trotzdem, die hat sich da in etwas hineingesteigert. Und ihre letze Mail, in der sie ...", Mara unterdrückt nur mühsam ein Kichern, „... Orang-Utan-Klaus direkt droht, hat sie eine Woche vor dem Mord geschrieben."

Sie schiebt die Unterlippe vor, wie sie das manchmal tut, wenn sie angestrengt nachdenkt. „Dann könnte sie doch herausgefunden haben, dass Liane, also eine Frau, hinter der ganzen Geschichte steckt und ausgerastet sein."

„Da ist was dran", gibt Jule ihr recht. „Nur brauchen wir dem Patullek mit so vielen Vermutungen und Vielleichts gewiss nicht zu kommen. Besser, wir schauen uns diese Heike erst einmal an. Ihre Telefonnummer steht in den Mails, und die Adresse finden wir sicher über die Rückwärtssuche im Online-Telefonbuch."

Tatsächlich, innerhalb kürzester Zeit hat Jule die Adresse ermittelt: „Heike Cleffmann, Düdingen, Tannenweg 7. Das ist doch mit dem Auto nur zwanzig Minuten von hier."

Tannenweg? Das klingt gleich doppelt spannend, nach Mörderjagd und einem weiteren Waldspaziergang. Schwanzwedelnd springe ich auf. Worauf wartet Ihr?

Die beiden Freundinnen scheinen das Gleiche zu denken, denn wenig später sitzen wir schon wieder im Auto und sind unterwegs in Richtung Düdingen.

„Wir können nicht davon ausgehen, dass sie uns, wie Yvonne, fast von allein alles erzählen wird. Also müssen wir die Sache auf den Punkt bringen. Doch was sagen wir, warum wir sie sprechen wollen?" Jule überlegt laut. „Ich meine, wir können sie doch nicht direkt fragen, ob sie Liane umgebracht hat."

„Nö, aber wir können uns als ehrenamtliche Mitarbeiterinnen des Tierheims ausgeben, die prüfen wollen, ob es den vermittelten Tieren im neuen Zuhause auch gut geht." Mara lacht. „Ob es Orang-Utan-Klaus gut geht."

„Den Namen dürfen wir nicht erwähnen", gibt Jule zu bedenken. „Ich musste mir schon bei Yvonne auf die Zunge beißen, als ich mich beinahe verquatscht hätte."

„Aber wir können ganz nebenbei fallen lassen, dass unsere Kollegin Liane die Kätzchen vermittelt hat, und dann schauen wir mal, wie diese Heike reagiert."

Wir fahren zunächst durch ein dichtes Waldgebiet und dann an großen, rot-grün gestreiften Gemüsefeldern vorbei. Was dort wächst, sieht aus wie Unmengen von dem Salat, den Jule sich oft auf dem Wochenmarkt kauft.

Am Stadtrand von Düdingen gibt es für mich eine erste Enttäuschung. Tannenweg. Oh ja, da hatte ich mir ein paar kleine Häuschen mitten auf einer Waldlichtung erhofft, umgeben von hohen Tannen. Stattdessen stehen wir in einer etwas heruntergekommenen

Reihenhaussiedlung. Das abbröckelnde Grau der Fassaden wird zum Teil von wild wucherndem immergrünen Gestrüpp verborgen. Vor den Häusern stehen Mülltonnen wie brav angetretene Soldaten in Reih und Glied. Doch keine einzige Tanne weit und breit. Wir parken direkt vor dem Haus dieser Heike, wo für mich die zweite Enttäuschung folgt. Leider muss ich im Auto warten. Weil Mara das Fenster weit offen lässt, hoffe ich, zumindest einen Teil des Gesprächs hören zu können. Das Schellen der Türglocke klingt bis zu mir herüber. Aber niemand kommt.

„Voll der Reinfall. Was machen wir jetzt?" Jule sieht Mara fragend an, doch bevor diese antworten kann, öffnet sich die Tür vom Nachbarhaus und eine junge Frau mit einem Baby auf dem Arm fragt: „Sie wollen zu Frau Cleffmann? Die ist verreist. Kann ich ihr was ausrichten?"

„Ist schon okay. Wann ist sie denn wieder da? Wir kommen dann noch mal wieder", winkt Jule ab.

Argwöhnisch blickt die Nachbarin zwischen Mara und Jule hin und her. „Sie wollen ihr aber nicht irgendwas verkaufen?"

„Nein, nein. Wir wollten uns nur nach der Katze erkundigen, ob es ihr gut geht."

Ein entspanntes Lächeln huscht über das Gesicht der jungen Frau. „Na, da bin ich froh. Die Heike, also Frau Cleffmann, ist so ein lieber Mensch, aber auch sehr gutgläubig. Was die alles schon an der Haustür gekauft hat. Da pass ich jetzt immer ein bisschen auf."

Das Baby quengelt auf ihrem Arm, sodass sie es mit kurzen Bewegungen auf und nieder hopsen lässt. Das sieht lustig aus und scheint dem Baby zu gefallen. Allerdings nur einen Moment, dann quietscht es weiter und erinnert mich damit an die Töne, die unsere kleinen Kätzchen von sich geben.

„Sie entschuldigen mich, ich wollte der Kleinen gerade das Fläschchen geben. Ach ja, der kleinen Katze geht's gut, ich füttere sie, solange Heike verreist ist. Sie wird erst am kommenden Mittwoch zurück sein."

„Jetzt sind wir völlig umsonst hier rausgefahren", klagt Jule, als Mara den Motor startet und langsam losrollt.

Ich belle leise von hinten, und als hätte Jule mich verstanden, fährt sie fort: „Na ja, das Wetter ist so schön, wir könnten ja bei dem großen Wald noch einmal halten und mit den Hunden ein Stück laufen. Dann wäre die Fahrt doch nicht ganz umsonst gewesen."

Die Idee scheint Mara zu gefallen. An der nächsten Straßenecke hält sie noch einmal kurz an und springt aus dem Auto. Genau vor einem Bäckerladen mit Straßencafé. Leute sitzen in der Sonne, bei Eis, Kuchen und … hm … Müssen Bäcker neuerdings auch Fleischkäsebrötchen verkaufen und dadurch meine Hundenase mit unerfüllbaren Sehnsüchten foltern?

Wenige Minuten später durchströmt der Duft von Kaffee Togo, den Mara in Pappbechern mit Deckel mitgebracht hat, das Innere des Wagens. Statt der deftigen Brötchen hat sie süßen Kuchen gekauft, irgendetwas mit Pudding. Mit dem Geruch kann ich leben, nun aber schnell weg hier.

Aus dem Stück laufen wird ein herrlich langer Waldspaziergang. Ich bin ja so gern im Wald! Flocke watschelt auf seinen krummen Beinen langsam neben Jule und Mara her, die das Thema Liane für den Moment beiseitegeschoben haben und lieber über Männer reden. Davon will ich gar keine Details hören und renne stattdessen kreuz und quer durchs Unterholz, schnüffele an Baumstümpfen und hinterlasse meine Hundevisitenkarte, springe über kleine Bäche und trinke kaltes, klares Wasser. Ich muss nur immer in Sichtweite bleiben, sonst ertönt ein greller Pfiff von Jule, der mich zurückkommandiert.

Es ist schon Abend, als Mara uns vor dem Haus absetzt. Bevor sie sich verabschiedet, gibt Jule ihr eine Kopie der Liste mit den Namen der verdächtigen Frauen. Mara verspricht, drei Damen zu überprüfen, die auf dem Lande wohnen und alle mit Liane Kontakt hatten. Oder besser gesagt, mit dem Mann, als der Liane sich ausgegeben hat. Jule und ich werden uns in der Stadt umschauen und drei Frauen, denen es ebenso erging, vorsichtig auf den Zahn fühlen. Einen erneuten Besuch bei Heike Cleffmann haben die beiden Freundinnen erst für den späten Donnerstagnachmittag eingeplant.

Gegenüber späht die dicke Schmitz durch die Gardine. Wir beachten sie gar nicht. Im Haus ist alles ruhig. Die Kätzchen kommen uns leise maunzend entgegen und streichen um Jules Beine. Sie haben Hunger. Jule lacht, weil das Fell der Katzen sie an ihren nackten Beinen kitzelt, und gibt Futter aus einer Dose in den kleinen Katzennapf. Sofort stürzen sich die Kleinen darauf. Jetzt ist nur noch ihr Schmatzen zu hören. Auch ich bekomme mein Trockenfutter, mit lautem Klack-klack-klack fällt es in meinen großen Napf. Ich schnappe mir vorsichtig ein Bröckchen, dann noch eines, dann das nächste. Schließlich bin ich eine Hundedame, die weiß, was sich gehört. Außerdem bin ich neugierig und will beobachten, was Jule als Nächstes tut. Aus den Augenwinkeln sehe ich, dass die rote Lampe des Anrufbeantworters blinkt. Jule runzelt die Stirn, als erwarte sie nichts Gutes, während sie auf den Wiedergabeknopf drückt. Und sie scheint recht zu behalten, denn eine barsche Stimme ertönt: „Hauptkommissar Patullek hier. Frau anders, rufen Sie mich in meinem Büro zurück!"

Kapitel 12 Kaffee und Kuchen

„Unhöflicher Kerl, was will der denn schon wieder, und dann noch am Samstag. Hat der denn nie frei?", schimpft Jule leise und sieht auf die Uhr: „Ist sowieso schon zu spät heute." Darüber scheint sie ganz froh zu sein, denn so findet sie endlich Ruhe, an ihrem Kinderbuch weiterzuschreiben.

Sehr spät am Abend klingelt dann noch einmal das Telefon. Es muss Franco sein, der nette Polizist, denn Jules Augen bekommen sofort wieder dieses Leuchten. Na, das kann dauern. Gute Nacht.

Am Sonntag passiert ausnahmsweise nichts Aufregendes. Bei meinem Abstecher zum Tierheim erzähle ich Nino von Orang-Utan-Klaus, und er bestätigt mir, dass Liane seit ungefähr zwei Monaten auf eigene Faust neue Menschen für mehrere Kätzchen gesucht hat. Sie brachte die Kleinen immer nur an einem Montag mit ins Tierheim, wenn der Tierarzt da war. Am Abend nahm sie die Katzen geimpft und entwurmt wieder mit nach Hause. Insgesamt müssen es ungefähr zehn Katzenkinder gewesen sein. Das stimmt mit dem überein, was Mara und Jule über Lianes E-Mails herausgefunden haben.

Jule sitzt heute ganz in ihre Arbeit vertieft am Computer und schreibt an ihrem Buch weiter. Ich fange ein paar Fliegen und versuche, meinen persönlichen Rekord im Dauerdösen zu brechen. Doch die Katzenkinder haben andere Pläne. Sie geben wieder seltsame Laute von sich, und ich bedaure, die Katzensprache nicht zu verstehen.

Wobei bestimmte Laute immer wiederkehren. Wenn ich versuche, sie mir zu merken, werde ich vielleicht irgendwann ihre Bedeutung begreifen. Im Moment haben die Kleinen mich als Abenteuerspielplatz entdeckt, auf dem man herumklettern und wieder herunterrutschen kann. Also spiele ich mit, indem ich mich zunächst ganz still verhalte, sie dann ein bisschen abschlecke und zum Schluss überraschend abschüttele. Das scheint ihnen zu gefallen, denn sie kommen immer wieder und können gar nicht genug kriegen. Jule lacht, wenn sie zu uns herübersieht, und schießt eine Menge Fotos. Es ist den ganzen Tag über ziemlich still im Haus, sodass Jule vor Schreck zusammenzuckt, als am Abend plötzlich das Telefon klingelt. „Ups, ich hab den Patullek vergessen. Der wird doch wohl nicht am Sonntagabend ...", überlegt sie laut.

Doch dann ist da wieder dieses glückliche Lächeln in ihrem Gesicht, kaum dass sie den Hörer am Ohr hat. Es ist Franco. Ich bin nur zu gern bereit, mich an diese abendlichen Anrufe zu gewöhnen, wenn sie Jule so fröhlich machen.

Woran ich mich dagegen NIE gewöhnen werde, ist morgendliches Sturmklingeln an der Tür.

Jule sieht das genauso, als sie am Montagmorgen zur Tür schlurft, sich die zerzausten Haare notdürftig glatt streicht und brummelt: „Nicht schon wieder die dicke Schmitz, bitte."

Tatsächlich scheint sie dann fast erleichtert zu sein, dass nur Patullek vor der Tür steht.

„Oh, guten Morgen. Sorry, ich hatte Sie völlig vergessen." Ich sehe Jule an, dass ihr ihre Vergesslichkeit mindestens so peinlich ist, wie im Pyjama vor dem Hauptkommissar zu stehen. Der mustert sie von oben bis unten. „Nicht, dass ich Sie stören will, aber ich hab da noch eine Frage."

Das klingt ja ungewöhnlich höflich, zumindest aus Patulleks Mund.

„Kommen Sie rein, ich zieh mir schnell was über und mach uns einen Kaffee. Vorher kann ich Ihnen wahrscheinlich nicht mal beantworten, wie meine Mutter heißt." Ich sehe, wie Jule einen kurzen Blick auf die platt gedrückte Nase am Fenster gegenüber wirft, bevor sie die Tür wieder schließt.

Natürlich, Frau Schmitz. Immer auf der Lauer, damit ihr auch ja nichts entgeht.

Wenig später sitzt Jule, ordentlich gekämmt, in Jeans und T-Shirt auf dem Sofa. Ihr gegenüber Patullek, der nachdenklich seine Kaffeetasse in der Hand hin- und herdreht. Sein Hemd spannt über dem großen Bauch, er zerrt dauernd an seiner Krawatte herum und hat am frühen Morgen bereits Schweißflecken unter den Achseln. Da er das zu wissen scheint, hat er sich ziemlich stark mit Duftwasser eingesprüht, das meine empfindliche Hundenase so reizt, dass ich kaum noch andere Gerüche wahrnehmen kann.

„Oncidium Sweet Sugar." Patullek deutet in Richtung Fenster.

„Wie bitte?" Jule sieht ihn verständnislos an.

„Die Orchidee dort."

Irre ich mich oder huscht gerade ein leises Lächeln über das Gesicht des Hauptkommissars?

Doch sofort wird er wieder ernst: „Aber deshalb bin ich nicht hier. Sagen Sie mal, was ist das eigentlich für ein Hund?" Dabei schaut er mich an.

„Eine Deutsch-Drahthaar-Dame, sie heißt Rika", antwortet Jule, und ich höre ein wenig Stolz in ihrer Stimme. Natürlich, ich bin ja auch ein besonderer Hund! Wenn Jule mit anderen über mich redet, komme ich mir sehr wichtig vor.

„Und da ist nicht zufällig ein Schäferhund mit drin?", fragt Patullek.

Jetzt bin ich aber entrüstet. Was fällt dem ein? Sehe ich etwa aus wie ein Schäferhund?

Jule lacht. „Nein, sicher nicht. Die Rika ist ein reinrassiger Deutsch-Drahthaar, das hat mir ein Bekannter bestätigt, der selbst diese Rasse züchtet. Und selbst, wenn nicht, ein Schäferhund ist da sicher nicht drin. Rika hat zwar keine Abstammungspapiere, da ich sie aus dem Tierheim geholt habe. Sie ist aber dennoch ein echter Jagdhund, auch wenn ich mit ihr nicht jagen gehe. Warum fragen Sie?"

Oh je, es scheint Patullek gar nicht zu gefallen, wenn ihm jemand Fragen stellt.

Er zieht die Stirn kraus: „Weil es mein Beruf ist, Fragen zu stellen. Weil Sie mit Ihrem Hund den Tatort verunreinigt haben und wir nun mühsam die Spuren sortieren müssen. Und weil wir auf der Leiche Haare eines Schäferhundes gefunden haben." Nun sieht er Jule mit stechenden Augen an. „Können Sie sich das erklären? Wir nämlich nicht. Angeblich hatte Frau Eichenbaum nichts mit Schäferhunden zu tun. Selbst im Tierheim gibt es keinen."

Irgendwo in meinem Hinterkopf macht es leise klick. Nur scheint mir dieses Duftwasser des Kommissars durch die Nase direkt ins Hirn gezogen zu sein und dort alles zu vernebeln. Ich kann keinen klaren Gedanken fassen.

Jule schüttelt bedauernd den Kopf. „Nein, ich weiß nur, dass Frau Eichenbaum ein kleines Kätzchen in der Wohnung hatte." Sie zeigt auf Goldy, die gerade spielerisch mit Willy und Frieda um eine kleine Quietschmaus kämpft. „Die Kleine da …, ich hab sie auf Wunsch von Fräulein Kossmehl zu mir genommen."

Jule kaut nachdenklich auf ihrer Unterlippe, dann gibt sie sich einen Ruck und beginnt: „Also, wegen der Kätzchen, die Frau Eichenbaum vermittelt hat …"

Genau in diesem Moment klingelt Patulleks Handy. Er meldet sich, schweigt einen Moment und legt nach den Worten Okay, bin gleich da! auf. Schon springt er zur Tür und ruft Jule im Gehen zu: „Ich muss los. Kommen Sie doch einfach in mein Büro, wenn Ihnen noch etwas einfällt!"

Rums! Die Tür ist zu.

Beim Morgenspaziergang im Stadtpark renne ich natürlich wieder zum Tierheim, um Hallo zu sagen. Leider ist mein Freund gerade nicht zu sprechen, wie mir Harry, der übereifrige Beagle, bedauernd ausrichtet. Ninos Arthrose ist so schlimm geworden, dass der Tierarzt, der jeden Montag im Tierheim nach dem Rechten sieht, ihn gerade anschaut. Armer Nino, er muss schlimme Schmerzen haben. Ich trage Harry auf, ihm Grüße auszurichten und laufe zu Jule zurück. Sie sitzt auf einer Bank, genießt die wärmende Morgensonne und telefoniert mit Mara. Dabei lacht sie immer wieder herzlich, während sie von Patulleks morgendlichem Besuch berichtet.

Die nächsten Tage sind aufregend, denn ich darf Jule weiterhin bei der Mörderjagd begleiten und die drei Frauen von Jules Liste besuchen. Mit der kleinen Lüge, vom Tierheim zu sein und zu überprüfen, ob es den Kätzchen gut geht, kommen wir mit allen drei Damen schnell ins Gespräch. Als Erste besuchen wir Inge Moriz, eine Dame Anfang sechzig, die uns freudestrahlend einen kleinen schwarzen Kater vorstellt.

„Ich suche zwar immer noch den Mann fürs Leben", lacht sie, „aber falls der nicht mehr auftaucht, hab ich ja jetzt mein Teufelchen, das ich glücklich machen kann."

Auch als Jule vorsichtig den Namen Liane Eichenbaum ins Spiel bringt, bleibt Frau Moriz unbefangen und plaudert fröhlich weiter, verhält sich absolut unverdächtig. Ähnlich ergeht es uns mit den nächsten beiden Damen, die Jule zu überprüfen hat. Bei der Nennung von Lianes Namen zuckt keine von ihnen auch nur mit der Augenbraue. Sie scheinen sie wirklich nicht als Frau gekannt zu haben. Es sind nette Damen, die sich über das unverhoffte Geschenk vor ihrer Tür sehr gefreut haben.

Eines dieser Kätzchen ist übrigens ein Bruder von Willy, Frieda und Goldy, wie ich am Geruch feststellen konnte. Für mich fallen bei jedem Besuch dieser tierliebenden Frauen ein paar Streicheleinheiten ab, die ich sehr genieße.

So vergeht die Zeit wie im Fluge, und am Donnerstagmorgen tauschen Mara und Jule telefonisch die Ergebnisse aus. Aus Jules Antworten kann ich heraushören, dass Mara ähnlich erfolglos war wie wir. Oder, wie man's nimmt, ähnlich erfolgreich. Denn alle Damen waren so nett, dass ich sie mir gar nicht als Mörder vorstellen möchte. Denn ein Mörder, das ist doch wohl ein gewalttätiger, grober Mensch. Ich glaube, dass man ihm die Bosheit schon ansehen oder gar mit der Hundenase erschnüffeln kann. Und außerdem roch keine der Damen nach der Leberwurst vom Metzger Krumm, nicht mal ein bisschen.

Am Nachmittag kommt Jules beste Freundin dann selbst vorbei. Die beiden machen es sich gerade mit einem Kaffee auf dem Sofa gemütlich, bevor sie erneut zu Heike Cleffmann fahren wollen.

Da klingelt es an der Wohnungstür, und was folgt, ist die Überraschung des Tages: Draußen steht Frau Schmitz – mit falschem Lächeln und einem riesigen Teller vor ihrem dicken Busen, auf dem ein großer Kuchen liegt.

„Meine liebe Frau Anders", beginnt sie, und Jule sieht aus, als müsste sie sich gerade auf die Zunge beißen, um nicht laut loszuprusten. „Ich möcht mich entschuldign, dass ich Se bei de Polizei angeschwärzt hab. Da habb ich wohl was falsch verstandn."

Jules Augen werden vor Erstaunen immer größer, als Frau Schmitz ihr tatsächlich den Teller mit dem Kuchen in die Hand drückt.

„Zitronenkuchen. Habb ich selbst gebackn, zur Versöhnung, ne?" Dabei reckt sie ihren Hals, sieht Mara im Hintergrund am Tisch sitzen und ruft: „Huhu, wie ich seh, sin Se grad beim Kaffee, da komm ich ja recht mitm Kuchen." Dazu winkt sie mit einer Begeisterung, als wäre Mara ihre beste Freundin.

Ich halte meinen Kopf so schräg, wie ich nur kann. Das tue ich immer, wenn ich die Menschen nicht verstehe. Hab ich irgendetwas verpasst?

Jule ist so perplex, dass sie keinen Widerstand leistet, als die dicke Schmitz sich langsam immer weiter ins Haus vorschiebt. „Ja, kommen Sie doch rein", sagt sie nur leise, während Frau Schmitz bereits bei Mara angelangt ist und sich ächzend in den großen Sessel fallen lässt, der dem Sofa gegenübersteht.

„Schön ham Ses hier." Sie lacht ihr falsches Lachen und zeigt dabei wieder die ganze Reihe ihrer gelben Zähne.

„Die Kleinen sin ja süß." Dabei deutet sie mit dem Finger auf die Kätzchen. „Tut der Hund den' nix?" Jetzt wirft sie mir einen misstrauischen Blick zu, der zeigt, dass sie wirklich Angst vor mir hat.

Am liebsten würde ich sie noch einmal ein bisschen anknurren, doch da höre ich Jule sagen: „Die Rika ist der liebste Hund der Welt, die tut niemandem etwas."

Oh, das hört jeder Hund gern! Da kann ich doch jetzt nicht anfangen, zu knurren, sondern wedele stattdessen lieber mit dem Schwanz.

Jule sieht sich genötigt, Frau Schmitz auch einen Kaffee anzubieten, worauf die sich immer wohler zu fühlen scheint und redet wie ein Wasserfall. Mara und Jule tauschen ab und zu stumme Blicke aus und bleiben auch sonst stumm, denn die Schmitz redet ja. Als sie allerdings wieder auf Galle, Darm und all ihre Wehwehchen zu sprechen kommt, unterbricht Jule sie sanft. „Ähm, Frau Schmitz, es tut mir leid, aber wir haben noch einen Termin und müssen jetzt los. Vielen Dank für den Kuchen."

Dabei erhebt sich Jule, Mara tut es ihr sofort nach und beide greifen die Hundeleinen und rufen gleichzeitig: „Rika! Flocke!"

Das lassen wir uns natürlich nicht zweimal sagen. Ich renne zur Tür, und selbst Flocke schießt auf seinen krummen Beinen wackeldackelschnell unter dem Sofa hervor. Mara, Jule, Flocke und ich stehen jetzt abmarschbereit an der Tür.

Frau Schmitz sitzt immer noch im Sessel. „Ähm, da werd ich dann auch ma ...", schnauft sie, erhebt sich schwerfällig und schiebt sich mit skeptischem Blick an mir vorbei, als fürchte sie, jeden Moment meine spitzen Zähne in ihren feisten Waden zu spüren. „Schönen Tach noch, wünsch ich, ne." Sie winkt tatsächlich schon wieder, während sie die Straße überquert und in ihrer Haustür verschwindet.

Kaum sind wir mit dem Auto außer Sichtweite der dicken Schmitz, die ihre Nase schon wieder an der Fensterscheibe platt drückt, brechen Jule und Mara in lautstarkes Gelächter aus.

„Was war denn das eben?" Jule hat schon wieder Lachtränen in den Augen. „Hat die irgendwelche Drogen genommen, oder was ist mit der plötzlich los?"

„Keine Ahnung." Mara versucht, sich zu beruhigen, schließlich fährt sie und muss sich auf die Straße konzentrieren. „Hättest sie ja fragen können."

„Oh nein, lieber nicht. Die hat auch so schon genug gelabert. Aber von Speichel spritzendem Keifen und einer Anzeige bei der Polizei zu Meine liebe Frau Anders! ... innerhalb weniger Tage, das ist doch nicht normal."

Das sehe ich genau so. Zumal ihre Augen die Frau wieder verraten haben. Ihre ganze Fröhlichkeit war aufgesetzt, nicht echt. Und sie hatte Angst. Nur vor mir und meinen Zähnen, oder steckt vielleicht mehr dahinter? So viele Gedanken machen müde, das Auto schaukelt sanft auf der Landstraße, und mir fallen die Augen zu. Ich wache erst wieder durch das Klappen der Autotüren auf, die Mara und Jule hinter sich schließen. Dann sehe ich sie auf die Tür von dieser Heike Cleffmann zugehen.

Diesmal ist jemand zu Hause, denn eine dunkelhaarige Frau öffnet die Tür. Einen Augenblick später bittet sie die beiden Freundinnen herein. Ich kann leider nur noch warten und bekomme von der Befragung der letzten Verdächtigen überhaupt nichts mit.

Stattdessen komme ich erstmals seit Langem mit Flocke ins Gespräch. Sonst ist er meistens zu müde dafür und schläft, sobald er sich irgendwo hinlegen kann. Ich möchte gern seine Meinung zum Tod von Liane Eichenbaum und der gemeinsamen Mördersuche mit Mara und Jule hören. Dafür muss ich ihm erst einmal die ganze Geschichte von Anfang an erzählen. Obwohl Flocke mehrmals zwischendurch sein Maul ganz weit aufreißt und gähnt, schläft er nicht ein. Als ich mit meinem Monolog bei Frau Schmitz und ihrem Kuchen ankomme und damit am Ende bin, knurrt Flocke leise vor sich hin, sodass ich fürchte, das Knurren könnte nahtlos in Schnarchen übergehen. Doch dann antwortet er: „Menschen werden zu Verbrechern wegen des Geldes oder der Liebe. Und aus den gleichen Gründen können sie auch ihr Verhalten komplett ändern."
Spricht's und schnarcht!

Hm, wegen Geld oder wegen der Liebe? Dass Liane wegen falscher Liebeshoffnungen sterben musste, vermuteten wir ja schon. Aber was erwartet die dicke Schmitz sich mit ihrer plötzlichen Freundlichkeit? Geld? Meine Gedanken fahren Achterbahn. Natürlich könnte es so sein, aber ebenso wäre möglich, dass ich mit allen Überlegungen gründlich danebenliege.

Ich muss einen Moment eingenickt sein, denn plötzlich schrecke ich auf, als erneut die Autotüren zuklappen und wir kurz darauf wieder fahren. Ich bin jetzt hellwach und hoffe, aus dem Gespräch der beiden Freundinnen etwas über ihren Besuch bei Heike Cleffmann zu erfahren.

Mara und Jule wirken ganz normal, überhaupt nicht, als ob sie mit einer eventuellen Mörderin gesprochen hätten. Ich höre Jule sagen: „Zum Glück hat sie uns die Geschichte abgenommen, dass wir vom Tierheim kommen. Sie war ja auch richtig gut drauf. Zwei Wochen Wellnessurlaub auf der Insel Usedom, das hätte ich auch mal gern." Mara nickt. „Ja, sie sah total entspannt aus."
In diesem Moment weiß ich, dass auch unsere letzte Spur ins Leere lief. Heike Cleffmann kann es nicht gewesen sein, denn sie war zum Zeitpunkt des Mordes am anderen Ende Deutschlands.
Was nun? Ich fühle mich, als wäre ich die ganze Zeit einem Hasen dicht auf den Fersen gewesen, der sich, kurz bevor ich ihn schnappen konnte, in einen Adler verwandelte und davonflog.
„Wenigstens haben wir Orang-Utan-Klaus persönlich kennengelernt", fasst Jule den ergebnislosen Besuch zusammen.
„Vielleicht sollten wir das Ermitteln wirklich der Polizei überlassen", gibt Mara zu bedenken.
„Hm, ich wüsste auch nicht, wo wir jetzt weiter suchen sollten." Jule schüttelt resigniert den Kopf.

So fahren die beiden mit dem Gefühl nach Hause, am Ende ihrer Ermittlungen zu sein, ohne etwas gefunden zu haben.

Aber irgendwie sagt mir mein Hundebauchgefühl, dass es nun erst richtig losgeht.

Kapitel 13 La Statione

Zuhause blinkt wieder der Anrufbeantworter. Zum Glück ist es nichts Unangenehmes, sondern Karoline, die fragt, ob es Neuigkeiten gibt und uns für Samstagnachmittag schon wieder zum Tee einlädt. Oh ja, ich freue mich!

Der Freitag vergeht unspektakulär. Ich treffe Nino am Tierheim und berichte ihm von der ins Leere laufenden Spur bei den Onlinedates. Mein Freund hört aufmerksam zu, seine Schmerzen haben etwas nachgelassen, seit der Tierarzt ihm gestern eine Spritze gegeben hat. Nino stimmt Flocke zu, dass Menschen sich bei wichtigen Entscheidungen fast immer entweder von der Liebe oder vom Geld leiten lassen. Er gibt mir einen Rat mit auf den Weg – wenn es das Eine nicht ist, ist es eben das Andere, das solle ich einfach im Hinterkopf behalten.

Aber Jule ist heute so seltsam, ganz aufgedreht. Sie fängt ständig irgendwelche Dinge an, nur um im nächsten Moment durchs Haus zu eilen und etwas völlig Anderes zu tun. So gießt sie zum Beispiel die Blumen vor dem Fenster. Läuft mit der kleinen Gießkanne ins Bad, um sie erneut mit Wasser zu füllen. Kommt ohne Kanne zurück, wühlt in ihrer Kommode, hält triumphierend ihre türkisfarbenen Ohrringe in der Hand und ruft:
„Ha!"
Malt sich die Fußnägel mit dieser ekelhaften Farbe an, die die Menschen Nagellack nennen und deren Gestank meiner empfindlichen Hundenase wehtut. Läuft barfuß durchs Haus, damit dieser Nagellack trocknen kann und telefoniert dabei mit Mara.

„Ich weiß nicht, was ich anziehen soll", klagt sie.

Maras Antwort kann ich nicht verstehen.

„Nein, das Blaue ist zu sexy."

Wieder antwortet Mara irgendetwas, das Jule zum Lachen bringt.

„Okay, das kann ich nicht versprechen. Er ist einfach süß."

Ach so, daher weht der Wind! Das hätte ich ja beinahe vergessen – heute Abend sind wir mit Franco zum Essen verabredet. Er muss für Jule wirklich jemand Besonderes sein, denn so aufgeregt habe ich sie lange nicht mehr erlebt, vor einem ihrer Dates. Sogar ich werde gebürstet und bekomme ein seidenes rotes Tüchlein um den Hals gebunden. Da fühle ich mich gleich noch viel mehr wie eine Dame. Jule sieht sehr fein aus in ihrem engen Kleid. Die blonden Haare fallen in leichten Wellen auf den blauen Stoff. Die Aufregung steckt an. Nun kann auch ich kaum erwarten, dass es losgeht. Endlich klingelt es an der Tür.

Franco steht da, mit blauer Jeans, weißem T-Shirt und schwarzer Lederjacke. Ich liebe Lederjacken! Sie riechen so gut. Er hält Jule einen großen Blumentopf mit grünen Stängeln hin und strahlt sie an. „Wow, siehst du toll aus!"

Jule strahlt eben so zurück und fragt, mit einem Blick auf den Topf mit dem Grünzeug: „Für mich?"

„Nicht ganz." Franco lächelt verschmitzt. „Ich dachte da eher an die kleine Rasselbande. Das ist Katzenminze. Dann lassen sie hoffentlich deine anderen Pflanzen in Ruhe."

Jule lacht und stellt den Blumentopf auf den Boden, wo die Katzenkinder sogleich neugierig drum herum streichen. Sie rückt mein Halstuch zurecht, wirft einen kurzen Blick in den Spiegel und sieht Franco dann direkt in die Augen.

„Fertig! Die beiden Damen sind bereit, von dir ausgeführt zu werden."

„Na, dann mal los!" Franco schnappt sich mit der linken Hand meine Leine, hält Jule seinen anderen Arm hin, damit sie sich bei ihm einhaken kann, und auf geht es.

Wir laufen ein Stückchen stadtauswärts, überqueren die Bahngleise beim ehemaligen Güterbahnhof und stehen plötzlich vor einem alten Eisenbahnwaggon. Nanu, wir werden doch jetzt nicht verreisen?

„La Statione", liest Jule und sieht Franco verwundert an. „Hier bin ich noch nie gewesen."

„Dann wird es ja höchste Zeit", lacht er und hüpft die drei Stufen hinauf, um ihr die Tür aufzuhalten. „Gehört meiner Tante Maria, sie macht die weltbesten Cannelloni."

Drinnen sieht es aus wie in einem echten Eisenbahnwaggon und doch wieder nicht. Die Bänke ähneln denen im Zug, mit dem wir zu Mara fahren. Sie sind mit so einem komischen Kunstleder bezogen, das überhaupt nicht wie Leder riecht. Doch zwischen den Bänken stehen in kleinen Nischen schmale Tische mit rot-weiß karierten Decken. Es ist voll und laut und riecht lecker nach gebratenem Fleisch.

Eine kleine dicke Frau kommt auf uns zu, breitet die Arme aus und drückt Franco an ihren dicken Busen: „Franco, mein Kleiner!"

Dem großen Polizisten scheint es überhaupt nicht peinlich zu sein, dass sie ihn so nennt. „Darf ich vorstellen? Das ist meine Tante Maria. Maria, das ist Jule. Und hier haben wir noch Rika."

Ich bin begeistert! Franco hat mich seiner Tante vorgestellt, das heißt, er nimmt mich als ernst zu nehmendes Wesen wahr. Schwanzwedelnd sehe ich Maria an, die zunächst die überraschte Jule in ihre Arme schließt und sich dann zu mir herunterbeugt, meine

Seite tätschelt und losplappert: „Gleich zwei Signorinas. Benissimo, benissimo. Franco mio, so setzt euch doch. Hungrig seht ihr aus. Da, ich habe einen tavolo per voi." Sie zeigt auf die einzige freie Nische im Waggon.

Jule und Franco setzen sich einander gegenüber, ich lege mich zu ihren Füßen nieder. Wenig später bringt Maria eine Karaffe mit Wein für die beiden und ein Schälchen Wasser für mich. Sehr aufmerksam! Ich mag Maria.

Am Tisch über mir wird den ganzen Abend viel gelacht. Franco erzählt Jule von seinen Großeltern in Italien, vom Meer und unbeschwerten Sommerferien mit einem Dutzend Cousins und Cousinen. Und dass er schon immer Polizist werden wollte. Jule erinnert sich an lustige Geschichten aus ihrer Kindheit, welchen Blödsinn sie mit ihrem Bruder angestellt hat und warum sie jetzt Kinderbücher schreibt.

Nur die Sache mit der Beinahe-Hochzeit behält sie (noch) für sich. Jule wollte nämlich vor fünf Jahren heiraten, einen Banker mit einem Krach machenden Angeberauto, der Hunde, und damit auch mich, nicht wirklich mochte. Doch Jule war ja so verliebt! Sie hatte schon ein wunderschönes Kleid für sich und ein passendes weißes Spitzenhalstuch für mich gekauft, viele Gäste eingeladen und alles für die Feier organisiert. Nur stellte sich zwei Tage vor der Hochzeit heraus, dass ihr Bräutigam Gelder der Bank veruntreut hatte und auch sonst ein unehrlicher Mensch war. Jule wollte ihn nie wieder sehen und ist seitdem sehr vorsichtig Männern gegenüber. Ich bin froh, dass sie ihn nicht geheiratet hat und wünsche ihr, dass sie einen Mann findet, der sie wirklich liebt und auch mich gerne hat. Wenn ich mir Franco so anschaue, könnte er vielleicht dieser Mann sein?

Doch statt zu dösen und mich solchen Zukunftsträumen hinzugeben, verfolge ich weiter das Gespräch der beiden. Zwangsläufig reden sie nach einer Weile auch über den Mord an Liane Eichenbaum. Ein wenig kleinlaut gesteht Jule ihr Detektivspiel und was sie und Mara über Lianes Onlinedating-Kontakte herausgefunden haben. Sogar den Besuch bei Heike Cleffmann lässt sie nicht aus. Franco hört bis zum Schluss zu und fragt: „Warum habt ihr dem Hauptkommissar nichts davon gesagt?"

„Hab ich doch! Nur wollte der nichts davon wissen, das Ermitteln sollten wir bitteschön ihm überlassen." Jule klingt ein bisschen gekränkt.

„Ja, Patullek wirkt oft ziemlich arrogant", gibt Franco zu. „Ich würde manches anders machen als er."

Jule und ich erfahren, dass Franco neben seinem Dienst noch studiert, um auch Kriminalkommissar zu werden. Darum sei er auch ab Mitte nächster Woche wieder an der Hochschule und nicht hier, bedauert er. „Doch danach möchte ich dich unbedingt wiedersehen. Und Rika natürlich auch."

Das hören meine Hundeohren gern. Jule lacht, weil mein Schwanz so heftig wedelt, dass er rhythmisch auf den Boden klopft.

Maria bringt zweimal Cannelloni, und ein verführerischer Duft zieht in meine Hundenase. Leider sind die Leckereien auf dem Tisch nicht für mich bestimmt. Aber wenigstens reicht Jule mir ein Stückchen Brot herunter. Ich zerkaue es ganz langsam, lasse dabei den Duft von Jules und Francos Essen durch meine Schnauze ziehen und stelle mir vor, ich kaute auf einem Stück Fleisch herum. Als Hund weiß ich auch die kleinen Freuden zu schätzen. Dadurch unterscheide ich mich, glaube ich, oft von den Menschen.

Irgendwann kommt das Gespräch zwischen Franco und Jule auf die dicke Schmitz. Jule beschreibt lachend, wie die Nachbarin mit dem Kuchen vor der Tür stand und so zuckersüß redete, als wäre sie eine gute Freundin.

Franco hört aufmerksam zu, dann grinst auch er und meint: „Na, da hat sie sich meinen Vortrag ja sehr zu Herzen genommen. Ich hab sie nämlich ziemlich rundgemacht. Sie wollte tatsächlich zur Anzeige bringen, dass du ein zwielichtiges Gewerbe betreibst und morgens früh leicht bekleidet Herrenbesuch empfängst."

„Was?" Jule lässt vor Schreck die Gabel fallen und schaut Franco entsetzt an. „Herrenbesuch? Und ich leichtbekleidet? Damit kann sie höchstens den Hauptkommissar meinen, der mich Montagfrüh um sieben Uhr aus dem Bett geklingelt hat."

„Ich weiß, ich weiß. Beruhige dich. Alles ist gut. Eigentlich wollte ich es dir gar nicht erzählen. Ich habe der Dame den Rat gegeben, keine Lügen mehr zu verbreiten, sonst müsse sie nämlich mit einer Anzeige wegen Verleumdung rechnen. Und das könnte teuer werden."

„Hm, verstehe. Sie hat Angst bekommen, ich könnte zurückschießen. Darum der Kuchen." Jule atmet hörbar aus. „Okay, Themenwechsel. Von der falschen Schlange lassen wir uns doch nicht den Abend verderben."

Franco lacht und Jule stimmt ein.

Ich lasse die beiden turteln und döse unter dem Tisch vor mich hin.

Maria nimmt Franco das Versprechen ab, sie bald wieder zu besuchen und unbedingt die zwei Signorinas mitzubringen. Als wir aus der Tür treten, ist der Himmel voller Sterne.

„Schön", flüstert Jule. Im nächsten Augenblick ruft sie: „Da! Hast du sie gesehen? Eine Sternschnuppe!" Sie schließt die Augen und ist einen Moment ganz still.

Franco betrachtet sie, und sein Gesicht hat immer noch dieses Strahlen. „Du hast dir etwas gewünscht, stimmt's?", fragt er, als Jule die Augen wieder öffnet. Sie nickt nur und lächelt ihn an.

„Ich auch." Jetzt nimmt er tatsächlich Jules Hand und hält sie ganz fest. Jule scheint es zu gefallen. Hand in Hand laufen die beiden weiter. Ich trabe brav nebenher und kann nicht aufhören, mit dem Schwanz zu wedeln.

Wir überqueren die Bahngleise beim alten Güterbahnhof, und ich sehe in der Ferne eine seltsame vermummte Gestalt auf uns zukommen. Sie trägt in dieser lauen Sommernacht einen schweren Mantel, dazu ein Kopftuch, das sie tief in die Stirn gezogen hat, und zieht eine klappernde Einkaufstasche auf Rädern hinter sich her, mit denen alte Leute oder Penner oft unterwegs sind. Eigentlich sieht die Gestalt aus wie eine alte Frau, die im Winter vom Einkaufen kommt. Doch es ist mitten in der Nacht und Spätsommer, also belle ich, um dem Penner Angst einzujagen und ihn zu verscheuchen. Er soll Jule und Franco jetzt nicht stören. Doch der Penner denkt gar nicht daran, zu verschwinden, sondern bleibt nur kurz stehen, schaut sich um und kommt dann auf uns zugetippelt.

Diese Tippelschritte kenne ich doch ... Sofort höre ich mit dem Bellen auf und bleibe stehen. Auch Jule und Franco wenden jetzt ihre ganze Aufmerksamkeit der sich nähernden Gestalt zu.

„Ja, Jule und Rika, meine Lieben, auch so spät noch unterwegs?"

Sofort beginne ich wieder, heftig mit dem Schwanz zu wedeln, denn ich habe erkannt, wen wir vor uns haben.

Jule lacht und ruft: „Karoline! Sag, was machst du denn hier draußen zu dieser späten Stunde?"

Die alte Dame wiegt den Kopf hin und her. Sie gibt sich geheimnisvoll, als ziere sie sich, den Grund ihres Hierseins zu verraten. Gleichzeitig blitzen ihre Augen vor Vergnügen. Sie kann es kaum erwarten, noch einmal gefragt zu werden.

Währenddessen schnüffele ich an der großen Tasche auf Rädern herum, die Karoline festhält, als wäre sie eine Schatzkiste und gefüllt mit den saftigsten und leckersten Würsten der Welt. Nur rieche ich leider keine. Stattdessen müffelt die fahrbare Tasche eindeutig und sehr stark nach Katze.

„Fräulein Kossmehl? Franco Rossi, erinnern Sie sich?", ergreift Jules Begleiter das Wort und hält der alten Dame seine Hand hin.

„Können wir Ihnen helfen?"

Karolines Augen leuchten, die Aufmerksamkeit gefällt ihr.

„Ach, der nette Polizist. Wie könnte ich Sie vergessen?" Sie blinzelt unter ihrem Kopftuch hervor und klappert wie ein junges Mädchen mit den Augenlidern. Mit gesenkter Stimme, als handele es sich wirklich um ein Geheimnis, vertraut sie Jule und Franco an, dass sie wieder zwei kleine Kätzchen aufgelesen hat, im alten Lokschuppen beim Güterbahnhof.

Franco schüttelt den Kopf.

„Dort sollte eine Dame aber nachts nicht alleine unterwegs sein."

„Herr Polizist", Karoline stellt sich tatsächlich auf die Zehenspitzen, muss aber immer noch den Kopf in den Nacken legen, um Franco ins Gesicht sehen zu können, „was soll ich denn sonst die ganze Nacht tun? Schlafen kann ich, wenn ich tot bin, wie schon Fassbinder sagte. Die armen Kätzchen haben doch sonst niemanden. Ich rette nur die, deren Mütter verschwunden sind."

Dabei klappt sie die Tasche auf, wir hören es maunzen und Jule kommentiert wieder einmal: „Wie süß!"

Hoffentlich ist mein Bellen laut und deutlich genug, um weiteres Unheil abzuwenden: Jule, wir haben schon drei Katzen!

Zum Glück bieten Franco und Jule der alten Dame nur an, sie nach Hause zu begleiten. Sie freuen sich anscheinend über eine zeitliche

Verlängerung ihres Spazierganges. Ich bin erleichtert und glücklich, als wir uns von Karoline in der Turmstraße verabschieden und sie hinter ihrer Haustür verschwindet. Mit den Kätzchen. Die muss ich unbedingt noch genauer beschnüffeln, wenn wir morgen Karoline zum Tee besuchen.

In unserer Straße angekommen, lädt Jule Franco auf einen Kaffee ins Haus ein. Das hat sie noch nie nach einem dieser Onlinedate-Essen gemacht. Ich habe sie aber auch noch nie so glücklich gesehen wie heute. Franco sagt nichts, sondern sieht sie nur stumm an und lächelt glücklich. Die Sterne leuchten, die Luft ist weich wie Seide, es ist wirklich ein romantischer Moment. Sogar mein kleines Hundeherz hüpft, und im Schnulzenfilm würde jetzt von irgendwoher liebliche Musik erklingen.

Doch dann passiert es. Jule öffnet unsere Haustür und schreit erschrocken auf. In der Wohnung ist jemand!

Ich belle natürlich gleich los, um dem Einbrecher, Verbrecher, Mörder oder welchem Schurken auch immer, Angst einzujagen. Franco stellt sich schützend vor Jule, und alle drei schauen wir ins Haus hinein. Ganz hinten, beim Sofa in der Ecke, brennt eine kleine Tischlampe. Von dort kommt eine dunkle Gestalt langsam auf uns zu.

Jule ruft verblüfft: „Mama?!"

Kapitel 14 Carla

„Mein liebes Kind, da bist du ja endlich!"

Oh je, ich weiß, dass Jule es gar nicht leiden kann, Kind genannt zu werden. Immerhin ist sie schon zweiunddreißig Jahre alt und Schriftstellerin! Jule verdient mit Bücherschreiben genug Geld, um Brot, Milch und Hundefutter zu kaufen. Nur weil sie Kinderbücher schreibt und fast jeden Spaß mitmacht, ist sie doch kein Kind mehr.

Ich belle freudig, um Carla zu begrüßen. Neugierig kommen die Katzenkinder angelaufen, als wollten sie sagen: Party? Wir sind dabei! Die Katzenminze steht zerzaust in der Ecke, damit hatten die Kleinen also bereits Spaß.

„Mama, was machst du denn hier?" Jule ist schon wieder ganz blass vor Schreck. Sie zieht Franco mit sich ins Haus hinein, schließt die Tür, schaltet die Deckenbeleuchtung an und betrachtet ihre Mutter fragend.

Statt einer Antwort kommt eine Gegenfrage: „Willst du mir den netten jungen Mann nicht erst einmal vorstellen?"

Ich sehe, wie Jule die Zähne zusammenpresst und schluckt.

„Franco Rossi", rettet der hübsche Polizist mit einem Lächeln die Situation und streckt Jules Mutter die Hand zum Gruß entgegen.

„Angenehm, Carla Anders", flötet Jules Mutter und schaut Franco neugierig ins Gesicht. „Sind sie Jules Freund?"

„Mama!" Jule erwacht aus ihrer Starre. „Wir wollten noch einen Kaffee trinken. Willst du auch einen?"

„Ach, Kind, du weißt doch, dass ich dann die ganze Nacht kein Auge zukriege. Aber einen kleinen Cognac würde ich nehmen."

„Oh ja, den kann ich jetzt auch gebrauchen", stöhnt Jule.

Kurz darauf lümmeln wir alle auf den Couchen herum, es riecht nach Kaffee und Schnaps. Die drei Menschen sind nach einer Runde Cognac deutlich entspannter.

Carla erzählt: „Ich hatte letzte Nacht einen schrecklichen Traum. Danach konnte ich nicht anders, als heute Mittag den Zug zu nehmen und auf ein verlängertes Wochenende herzufahren. Freitags und Montags habe ich ja keine Vorlesungen. Zum Glück", setzt sie noch hinzu.

Jule scheint nicht der gleichen Meinung zu sein, was das Glück betrifft, wenn ich ihren Blick richtig deute. Aber sie sagt nichts, sondern lässt Carla weiterreden.

„Du wurdest entführt, mein Kind. Warst gefangen in einem Haus mit so hässlichen Wänden und Gittern vor den Fenstern. Ich bin schweißgebadet aufgewacht und kam gar nicht mehr zur Ruhe. Wenn das nun eine böse Vorahnung war, so wie damals, als Tante Friedel gestorben ist."

„Mama, Tante Friedel war zweiundneunzig und hatte einen Schlaganfall. Mir geht's prima." Dabei wendet sie ihr Gesicht Franco zu und hat um ihre Augen wieder dieses Strahlen und die kleinen Lachfältchen.

Franco strahlt zurück. Er steht auf, verabschiedet sich von Carla und bedankt sich bei Jule für einen wundervollen Abend. Sie folgt ihm zur Tür, ich höre noch das Wort telefonieren, dann ist er fort.

Erwartungsvoll blickt Carla zu Jule auf, rutscht aufgeregt hin und her wie ein kleines Mädchen und fragt dann: „Und? Ist es was Ernstes?"

Jule scheint überhaupt keine Lust zum Antworten zu haben, sie kommt demonstrativ gähnend ins Zimmer zurück.

„Mama, im Gästezimmer ist das Bett bezogen. Lass uns morgen weiterreden, ja?"

Carlas Gesichtsausdruck verrät, dass sie enttäuscht ist. Doch sie kennt ihre Tochter anscheinend gut genug, um zu wissen, dass sie heute nichts mehr von ihr erfahren wird. So lässt sie sich widerspruchslos von Jule nach oben in das kleine Gästezimmer geleiten, und ich stelle wieder einmal fest, wie ähnlich sich die beiden sind, zumindest äußerlich. Die gleichen blonden Haare, nur dass Carla sie etwas kürzer trägt, gerade mal schulterlang. Beide Frauen haben die gleiche schlanke Figur. Ich kann mir gut vorstellen, dass Carla, als sie jung war, so aussah, wie Jule heute aussieht. Beide sind sehr klug – Jule schreibt Bücher und Carla unterrichtet Studenten in Berlin. Und trotzdem haben sie zu vielen Dingen so verschiedene Meinungen. Ob das immer so ist bei erwachsenen Menschenkindern und ihren Müttern?

Die neugierigen Katzenkinder ziehen mit Carla ins Gästezimmer. Jules Mutter hat die drei Geschwister sofort ins Herz geschlossen, das spüren die Kleinen natürlich auch. Mitten in der Nacht jedoch kommen die kuscheligen Bauchwärmer der Reihe nach wieder zu mir ins Körbchen gekrochen.

Mit Carla am Samstagmorgen zu frühstücken, ist lustig! Für mich hat sie als Geschenk ein Gummihuhn mitgebracht, das mich ein wenig an Yvonnes provokante Lieblingshenne erinnert. Es quietscht laut, wenn ich darauf herumkaue, was sofort die neugierigen Katzenkinder anlockt. Also lasse ich das Herumknautschen vorläufig sein, denn mit Carla zu frühstücken, bringt ein weiteres Vergnügen: Ständig fällt ihr, völlig unbeabsichtigt, wie sie betont, etwas herunter, und ich habe Spaß daran, mit den Katzenkindern zusammen darauf zu lauern, wer von uns als Erstes ein Stückchen Käse oder Wurst zu fassen bekommt. Fast ist es wie bei Mara unter dem Apfelbaum.

Carla schiebt genüsslich ein Stück Marmeladenbrötchen im Mund hin und her und beginnt mit: „Also, Kind, weißt du ..."

Aus Erfahrung weiß ich, dass Jule bei solchen Einleitungen sofort in Alarmbereitschaft springt, denn meistens folgt aus ihrer Sicht nichts Gutes, auch wenn Carla da anderer Meinung ist. Und tatsächlich, Jule runzelt skeptisch die Stirn, während Carla munter fortfährt: „Ich hab mir da mal Gedanken gemacht. Du bist einfach zu brav. Schreibst Kinderbücher über mutige Kinder, ängstliche Drachen und gute Feen. Hast du keine Fantasie? Schreib doch mal über Sex oder Mord, so etwas wollen die Leute lesen!"

„Mama!" Jule ist empört. „Viele Kinder lieben meine Geschichten. Und sie wollen genau das lesen oder vorgelesen bekommen, was ich schreibe."

„Ja, schon. Aber in einen richtigen Bestseller gehören doch wohl ein paar heiße Nächte und mindestens eine Leiche."

Jule räuspert sich, als hätte sie sich verschluckt. Ich weiß, dass sie große Mühe hat, Carla keine böse Antwort zu geben. Und Jule weiß, dass es zwecklos ist, mit ihrer Mutter zu diskutieren.

Da Carla übers Wochenende bei uns bleibt, sitzt Jule heute nicht am Schreibtisch. Bei dem fast pausenlosen Geplapper, das meist mit *Kind, wo ist ...?* oder *Kind, wusstest du eigentlich ...?* beginnt, kann sich weder Jule auf ihr Schreiben konzentrieren noch ich mich in Ruhe dem Dösen widmen. Also beschäftigen wir uns mit praktischen Dingen – ich fange Fliegen und Jule nimmt sich das Katzenklo vor, das sie aus Lianes Wohnung mitgenommen hatte. Die stinkenden Hinterlassenschaften der Katzenkinder hat Jule jedes Mal mit so einer komischen Gabel daraus entfernt, wofür ich ihr sehr dankbar bin. Denn wenn ich die Kleinen inzwischen auch fast so liebe, als wären sie meine eigenen Welpen, so werde ich doch den Geruch von Katzenpipi immer als sehr unangenehm empfinden. Jule zieht sich so komische gelbe Plastikhandschuhe an, leert den kompletten müffelnden Inhalt in die Mülltonne und baut das ganze Katzenklo auseinander, um es in der Badewanne auszuspülen. Unten ist so etwas wie eine ganz flache Schublade eingebaut, und als Jule diese öffnet, schaut sie verdutzt und legt den Kopf schräg, so wie ich es tue, wenn ich etwas nicht verstehe.

Vorsichtig zieht Jule mit ihren behandschuhten Fingern ein gefaltetes Blatt Papier hervor, das in einer glänzenden Folie steckt, und legt es auf den Wäschekorb. Nachdem sie das Katzenklo fertig geputzt, mit neuer Streu versehen und wieder auf dem Boden im Flur platziert hat, wäscht sie sich die Hände und kommt mit dem gefalteten Papier ins Wohnzimmer.

Carla klappert unterdessen in der Küche herum, ich glaube, sie backt einen Kuchen. Mittlerweile steht fast der komplette Inhalt von Jules Küchenschränken, gleichmäßig verteilt, auf sämtlichen Ablageflächen herum. Dazwischen werkelt Carla abwechselnd mit Schneebesen, Messbechern, Mehl- und Zuckertüten.

Am Boden scharwenzeln neugierig die Katzenkinder umher. Willy sieht komisch aus, er scheint durch eine Mehlwolke gelaufen zu sein, was seinem Fell einen seltsamen Nebelhauch verleiht. Carla niest, worauf sich eine weitere Mehlwolke in der Küche verteilt.

Ich sehe, wie Jule sich aufs Sofa plumpsen lässt, das Blatt Papier, welches sie im Katzenklo fand, auseinanderfaltet, ein überraschtes Oh! von sich gibt und die Hand vor den Mund schlägt.

„Kind, ist dir nicht gut?", kommt es sofort besorgt aus der Küche.

„Hä? Nein, schon gut. Äh, ich glaub, Rika muss mal raus", stottert Jule.

Ich? Das wüsste ich doch, oder? Aber egal, es ist immer fein, mit Jule Gassi zu gehen! Also springe ich auf, kaum dass ich meinen Namen gehört habe, und stehe bereits schwanzwedelnd und auffordernd bellend an der Haustür, als Jule sich meine Leine schnappt. Während ich sie erwartungsvoll anschaue, packt sie ihr Handy und diesen mysteriösen Zettel, und los geht es.

Gegenüber ist die dicke Schmitz gerade dabei, die Blumen in ihrem Vorgarten zu gießen. Sie sieht heute irgendwie verändert aus, als ob sie beim Friseur gewesen wäre. Kaum erblickt sie uns, winkt sie freudig herüber und setzt sich in Bewegung, wohl um Jule abzupassen und in ein Gespräch zu verwickeln. Die hat aber im Hinausgehen bereits auf ihrem Handy herumgetippt und hält es nun wartend ans Ohr, was die dicke Schmitz tatsächlich veranlasst, den Rückzug anzutreten. Dabei wedelt sie noch einmal grüßend mit der Gießkanne herüber.

„Mara, gut, dass du da bist!" Jule ist ein bisschen außer Atem, weil sie sich beeilt hat, aus Sicht- und Hörweite der neugierigen Nachbarin zu kommen. „Du wirst es nicht glauben, was ich gerade gefunden habe. Dadurch ergibt alles einen neuen Sinn. Karoline hat uns nicht die ganze Wahrheit gesagt."

Ich werde nicht schlau aus dem, was Jule erzählt. Doch dann fährt sie fort.

„Karoline hat ein Testament zugunsten des Tierheims gemacht. Ich habe es unten im Katzenklo gefunden."

Testament, das habe ich schon einmal im Tatort gehört. Wenn jemand stirbt, steht im Testament, wer sein Geld, sein Haus und seinen Goldschmuck bekommen soll. Aber wieso Karolines Testament? Liane ist es doch diejenige, die tot ist? Mein Kopf ist zu klein für so komplizierte Gedanken.

Da wir gerade im Stadtpark ankommen, Jule mich von der Leine lässt und ihrer Freundin am Telefon ausführlich vom gestrigen Abend berichtet, nutze ich die Chance und flitze zum Tierheim. Nino liegt am Zaun in der Sonne, neben ihm hockt Harry und wedelt mit dem Schwanz, als er mich kommen sieht. Fast könnte man meinen, die beiden hätten auf mich gewartet. Es ist keine Zeit für eine lange Begrüßung, ich muss meine Neuigkeiten loswerden und hoffe auf Ninos Rat. Er möchte möglichst genau wissen, worum es in dem Testament geht, und ich bedauere, dass Jule am Telefon keine Details genannt hat. Wer erbt was? Was hat Karoline überhaupt zu vererben? Und vor allem, warum regt sich Jule über Karolines Testament so auf, wenn doch Liane ermordet wurde? Nachdem ich mir all diese Fragen von der Seele geredet habe, schweigt Nino eine Weile, was bedeutet, dass er nachdenkt. Harry rennt aufgeregt hin und her und verscheucht die anderen Hunde, die neugierig herüberschauen.

„Hm, es könnte einen Zusammenhang zwischen dem Mord an Liane und dem Einbruch hier im Tierheim geben", vermutet Nino schließlich. „In beiden Fällen wurde etwas gesucht. Vielleicht das Testament?"

Doch warum? Das wird sich hoffentlich heute Nachmittag beim Tee mit Karoline herausstellen. Nino trägt mir auf, besonders wachsam zu sein und aufmerksam dem Gespräch der Frauen zu folgen.

„Jedes winzige Detail könnte wichtig sein", beschwört er mich zum Abschied. Beagle Harry bellt wichtigtuerisch und bestätigend, obwohl sein leicht verwirrter Blick sagt, dass er gar nichts verstanden hat.

Als wir nach Hause kommen, duftet es verführerisch nach frisch gebackenem Kuchen und Erdbeeren. Hm, lecker! Es gibt doch einen himmelweiten Unterschied zwischen dem Duft echter Erdbeeren und diesem Erdbeerparfüm, das Yvonne benutzt. Carla ist ganz stolz auf ihre Kreation, denn sie hat aus drei Erdbeerkuchenrezepten eines gemacht. Allerdings sieht die Küche aus, als hätte sie mindestens zehn Kuchen gebacken.

„Kind, jetzt hab ich dir doch schön geholfen, nun haben wir was Leckeres zum Kaffee. Nur aufräumen musst du noch, ich weiß ja gar nicht, wo das alles hingehört."

Jule schüttelt stumm den Kopf, sagt aber nichts und macht sich ans Werk. Sehe ich da etwa einen winzigen Funken Schadenfreude in ihren Augen aufblitzen, als sie sagt: „Oh, das hab ich ganz vergessen zu erzählen. Nachher kommt Mara, wir sind zum Tee bei einer Freundin eingeladen."

Doch anstatt sich zu grämen, dass sie mit dem Kuchen allein zurückbleiben muss, wie Jule erwartet hat, ruft Carla erfreut:

„Das ist ja perfekt! Da nehmen wir den Kuchen natürlich mit!"

WIR! Sie hat WIR gesagt! Wenn ich das richtig verstehe, kommt Jules Mutter mit zu Karoline. Ich freue mich und zeige dies durch fröhliches Bellen und Schwanzwedeln. Irre ich mich, oder schaut Jule mich tadelnd und zugleich leicht genervt an? Zu Carla sagt sie nur: „Prima Idee, Mama!", aber ihre Stimme klingt nicht wirklich froh. Warum nur?

Angestrengt denke ich darüber nach, bis mein Genick vom Kopf schräg halten fast schon steif ist. Ah, ich glaube, jetzt hab ich's! Carla weiß ja noch gar nichts von der Mordgeschichte, und mir fallen gleich mehrere Gründe ein, warum Jule ihr das verschwiegen hat. Carla ist eine kluge, selbstbewusste Frau. Jedoch ist sie auch ständig besorgt um Jule. Ich höre im Geiste schon ihre Stimme, wie sie rufen würde: *Kind, du in einen Mord verwickelt? Um Himmelswillen!*

Außerdem ist sie eine Klatschtante, wie die Menschen es nennen. Sie kann nichts für sich behalten und redet selbst mit wildfremden Menschen über sehr persönliche Dinge. Das hat Jule schon in manch peinliche Situation gebracht. Ich erinnere mich, dass wir einmal in einem gemütlichen Café saßen – Jule, Carla und ich. Mit antiken Polsterstühlen und kleinen runden Tischen. Auf dem Boden lagen weiche Teppiche, was mir besonders gut gefiel. Neben uns an den Tischen saßen ebenfalls Menschen, die sich leise und dezent unterhielten. Die Kellnerin kam, um die Bestellung aufzunehmen, und Jule wünschte Rhabarberkuchen.

„Kind, davon bekommst du doch Durchfall!", war Carlas Kommentar. In voller Lautstärke. Jule, die Kellnerin und die Gäste an den Nebentischen schwiegen, peinlich berührt. Doch Carla setzte noch einen drauf: „Und pupsen musst du davon auch immer. Wir nehmen Apfelstrudel!"

Wenig später klingelt es und Mara steht vor der Tür. Sie hat heute, was sie selten tut, statt Hosen und T-Shirt, ein Kleid angezogen. Eng, mit so winzigen schmalen Trägern an den Schultern und natürlich in ihrer Lieblingsfarbe schwarz. Ich finde, sie sieht sehr hübsch aus darin, aber Jule ist noch ein bisschen hübscher.

Mara wird von Carla überschwänglich begrüßt. Jules Mutter erkundigt sich nach ihren neuesten Skulpturen und fragt, ob sie sich nun endlich an den von ihr, Carla, vorgeschlagenen nackten Adonis herangewagt hätte.

„Den würden sie dir aus den Händen reißen, Kind, ganz bestimmt!"

Nun schüttelt Mara schweigend den Kopf, denn genau wie Jule mag sie es überhaupt nicht, von Carla Kind genannt zu werden. Außerdem hat Jules Mutter keine Ahnung von Kunst und Bildhauerei und ist der Meinung, dass lebensechte, nackte Menschen sich viel besser verkaufen würden, als das ganze abstrakte Gedöns, wie sie sich einmal ausgedrückt hat. Mara hält es wie Jule und lässt sich lieber auf keine Diskussion ein, aber es ist ihr anzusehen, dass sie sich in ihrer Künstlerehre verletzt fühlt.

Carla hat zur Feier des Tages tatsächlich ein erdbeerfarbenes Kostüm angezogen und lässt es sich nicht nehmen, ihren Kuchen selbst wie eine Trophäe vor sich herzutragen und die Tortenbox im Auto behutsam auf ihren Knien zu balancieren. Mara fährt heute besonders vorsichtig, damit das gebackene Kunstwerk heil bei Karoline ankommt.

Wie immer parken wir wieder vor der Metzgerei Krumm, und sofort meldet sich ein kleines, vergessenes Gedankenkrümelchen in meinem Kopf, kaum dass mir der Leberwurstduft in die Nase zieht. Doch Carlas Geplapper lässt nicht zu, dieses weiter zu verfolgen. Darum höre ich mir bis zu Karolines Haustür fellsträubende Berichte von einem Huhn mit zwei Köpfen an, das neulich bei ihnen an der Uni zu bestaunen gewesen sei und von einem ganz neuen eiweißhaltigen Brot, das ihr Bäcker jetzt anböte, wovon man abnehmen würde. Jules Mutter zuzuhören, gleicht einem besonders gründlichen Frühjahrsputz im eigenen Kopf. Alle Gedanken, die vorher in irgendwelchen Ecken saßen und darauf warteten, zu Ende gedacht zu werden, sind plötzlich fort. Hinausgefegt.

Kapitel 15 Geschichten zum Tee

Karoline freut sich sehr, uns zu sehen. Nur die Katzen der alten Dame beäugen uns misstrauisch, aus sicherer Entfernung und von oben herab. Sie kauern zu dritt auf der großen Eichenholzvitrine in Karolines Wohnzimmer und bleiben stumm. Ich ignoriere sie, wie sonst auch. Allerdings kann ich die kleinen Kätzchen, die gestern Abend in Karolines rollender Tasche saßen, nirgendwo entdecken.

Carla und der Kuchen sind der alten Dame herzlich willkommen. Die beiden Frauen verstehen sich auf Anhieb, was Karoline dazu veranlasst, Carla sofort zu duzen. Sie bittet uns, in ihrem Wohnzimmer Platz zu nehmen, wo bereits ein Teller mit vielen verschieden aussehenden Keksen zum Zugreifen verleitet. Selbst gebacken, wie Karoline nebenbei erwähnt. Die alte Dame scheint unsere Treffen für eine kleine private Modenschau zu nutzen, denn heute trägt sie ein blaues Strickkostüm, das tatsächlich mit kleinen Kätzchen bestickt ist. Allmählich fühle ich mich von Katzen umzingelt. Während die vier Frauen beim Tee sitzen und munter über das Wetter, den Sommer und weitere Belanglosigkeiten plaudern, denke ich, dass dies einer der wenigen Momente ist, in denen ich es bedauere, ein Hund zu sein. Zu gern würde ich jetzt, so wie Jule, immer schön abwechselnd einen Bissen Erdbeerkuchen und einen von Karolines Keksen in meinem Maul verschwinden lassen. Oder auch erst ein ganzes Stück Erdbeerkuchen und anschließend ein paar Kekse, so wie Mara es tut. Das wäre mir, ehrlich gesagt, egal. Hauptsache, ich dürfte an diesen Köstlichkeiten teilhaben, deren Duft meine Nase kitzelt. Stattdessen liege ich mit Flocke unterm Tisch und hoffe, dass ein paar Krümel oder im besten Fall ein ganzer Keks ganz zufällig und aus Versehen auf dem weichen Teppich landen.

Langsam wird es ruhiger, das Klappern der Kuchengabeln verstummt, die knuspernden Geräusche des Keksekauens ebenso. Die belanglosen Gesprächsthemen sind wohl ausgeschöpft. Selbst Carla scheint ausnahmsweise stumm ihren Gedanken nachzuhängen.
Mich durchzuckt ein heftiger Schreck! Fast hätte ich vergessen, was ich hier und heute noch erledigen wollte. Vorsichtig erhebe ich mich und beginne, in der Wohnung umherzuschnüffeln, auf der Suche nach den beiden kleinen Kätzchen. Mit der Nase immer dicht am Boden, durchstreife ich die Küche der alten Dame, das Schlafzimmer und einen kleinen Raum, der aussieht wie eine Mischung aus Arbeitszimmer und Gästezimmer. Zumindest stehen ein Bett und ein Schreibtisch darin. Obwohl es überall nach den verschiedensten Katzen riecht, kann ich die Kleinen von gestern Abend nirgends entdecken.

Mit Erstaunen bemerke ich, dass ich mir tatsächlich Sorgen um die Kätzchen mache. Wo mag Karoline sie versteckt haben? Die Tür zum Bad ist als Einzige verschlossen. Ich überlege kurz. Vier Frauen an einem Tisch beim Tee. Es kann nicht allzu lange dauern, bis die Erste von ihnen aufs Klo muss. Wenn ich brav hier warte, habe ich vielleicht Glück und kann schon bald einen Blick in Karolines Badezimmer werfen.

Die aus dem Wohnzimmer dringenden Gesprächsfetzen verraten mir, dass man dort immer noch um das eigentliche Thema herumredet. Jetzt dreht sich das Geplauder ums Fernsehen und wer der beste Tatort-Kommissar ist. Dazu habe ich meine eigene Meinung – nämlich keiner! Niemand von ihnen hat einen Hund, wie unrealistisch! Daher lasse ich die Damen diskutieren und lege mich lang ausgestreckt vor die Badtür und warte. Selbst wenn ich, was ich nicht hoffe, eindösen sollte, kommt niemand unbemerkt an mir vorbei.

Tatsächlich dauert es nicht lange, da höre ich Karoline Zweite Tür rechts! rufen, und im nächsten Moment taucht Carla auf. Sie lacht, als sie mich liegen sieht, öffnet die Tür und hebt einen Fuß, um vorsichtig über mich hinwegzusteigen. Doch ich bin flinker, erhebe mich blitzschnell und husche vor ihr ins Bad hinein, um meine Wohnungsinspektion zum Abschluss zu bringen.

Als hätten sie nur darauf gewartet, dass endlich die Tür aufgeht, kommen die beiden Katzenkinder heraus und an mir vorbeigeschossen, um nun ihrerseits in Karolines Wohnung auf Entdeckungsreise zu gehen. Neugierig folge ich ihnen, schnüffele ihrem Geruch nach und stelle schnell fest, dass sie nicht mit unseren drei Katzenkindern verwandt sind. Außerdem sind sie jünger als Frieda, Willy und Goldy. Sie bewegen sich noch viel tapsiger, und ich verspüre das wachsende Bedürfnis, sie liebevoll abzuschlecken.

Karoline ruft erfreut: „Ach, da sind ja meine neuen Babys!", als wir drei ins Wohnzimmer gelaufen kommen. Wobei sich das Wort Babys sicher nur auf die beiden Kleinen bezieht, denn ich bin ja eine Dame.

Carla hat sich im Bad wohl sehr beeilt, um nichts von dem zu verpassen, was am Tisch geredet wird. Während die vier Frauen den Kätzchen ihre Aufmerksamkeit schenken, sie umherreichen und immer wieder Worte wie süß und niedlich fallen, verziehe ich mich unter den Tisch zu Flocke, der friedlich döst und nicht einmal bemerkt hat, dass direkt vor seiner Nase ein paar Kekskrümel gelandet sind. Die lasse ich mir nun schmecken. Wie es aussieht, kann das hier heute noch länger dauern.

Irgendwann verliert Jule die Geduld und platzt heraus: „Karoline, ich habe dein Testament gefunden!"

Der alten Dame fällt vor Schreck der Keks aus der Hand, den sie gerade elegant zum Mund führen wollte. Worauf ich ihn nicht ganz so elegant mit einer einzigen Bewegung schnappe und verschlucke. Hm ... wirklich fein. Jule, bitte noch mehr solche Ansagen und mehr Kekse!

„Wie? Was? Also ..." Karoline verhaspelt sich. „Ja, das wollte ich euch doch neulich schon erzählen, aber irgendwie hab ich mich nicht getraut, weil es mir peinlich ist."

„Peinlich? Vor uns braucht dir doch nichts peinlich zu sein!" Carla schaut in die Runde mit einem Blick à la Sind wir nicht alle eine große Familie?

Ich muss wieder an die Geschichte mit dem Rhabarberkuchen denken und kann mir ein innerliches Grinsen nicht verkneifen. Natürlich, Carla ist gar nichts peinlich, niemals und nirgendwo.

Carla und Mara setzen die Katzenbabys auf den Boden, um sich im Folgenden ganz auf die Worte der alten Dame zu konzentrieren. Mich wundert es überhaupt nicht, dass die Kätzchen sofort zu mir gekrochen kommen und sich an meinen Bauch kuscheln, wie unsere drei Kleinen zu Hause. Fast könnte man annehmen, ich trüge ein nur für Katzenkinder lesbares Schild mit mir herum, auf dem Mama geschrieben steht. Karoline schenkt noch einmal Pfefferminztee nach, wie um dadurch Zeit zu gewinnen. Dann beugt sie sich zu mir herunter, streichelt meinen Rücken, was sie zu beruhigen scheint, und beginnt zu erzählen.

Wir erfahren nun ein paar Dinge, die uns den Mord an Liane in anderem Licht sehen lassen. Zum besseren Verständnis geht die alte

Dame weit in die Vergangenheit zurück, mehrere Hundeleben – bis in ihre eigene Kindheit.

Als Tochter eines Schneiders und einer Köchin wuchs Karoline in ärmlichen Verhältnissen auf. Ihr Vater war ständig krank und starb, als sie zwölf Jahre alt war. Darum wollte Karoline unbedingt Krankenschwester werden. Im Krankenhaus, wo sie arbeitete, lernte sie Friedrich, einen jungen Arzt kennen, der sich in sie verliebte und ihr in aller Form einen Heiratsantrag machte. Friedrich stammte aus einer reichen, angesehenen Familie, die in der Stadt mehrere Häuser besaß. Sein Vater war ebenfalls Arzt und Professor an der Universität. Karoline sah tagtäglich im Krankenhaus, wie ehrgeizig, ja, fast besessen, Friedrich zwölf und mehr Stunden arbeitete, und war der Meinung, dass der junge Arzt bereits mit seinem Beruf verheiratet sei. Daher sagte sie bei seinem Antrag Nein. Friedrich warb weiter um sie, doch Karoline blieb bei ihrer Entscheidung. Sie verdiente als Krankenschwester genug für ihren eigenen Lebensunterhalt, lebte sparsam in einer kleinen Wohnung unter dem Dach, die der von Liane nicht unähnlich war, und ging ebenfalls ganz in ihrem Beruf auf.

So kam es, dass sowohl Friedrich als auch Karoline ihr Leben lang unverheiratet blieben, auch wenn der Arzt, der später selbst Professor wurde, bis ins hohe Alter immer wieder um ihre Hand anhielt.

„Die große Überraschung kam, als vor fünfzehn Jahren Friedrich starb. Da er selbst kinderlos geblieben war, gründete er eine Stiftung, die sich um die Fortführung seiner medizinischen Forschung kümmern sollte. Diese Stiftung bekam Friedrichs gesamtes Barvermögen. Seine Immobilien jedoch vermachte er mir. Über Nacht besaß ich mehrere Häuser, die jeden Monat nicht unerhebliche Mieteinnahmen brachten.“

Karoline hält einen Moment inne. Ein verträumter Ausdruck huscht über ihr Gesicht und lässt sie fast wie ein junges Mädchen aussehen. „Er muss mich wirklich sehr geliebt haben. Vielleicht hätte ich sein Werben erhören sollen."

Die alte Dame seufzt und setzt ihre Erzählung fort. Da sie keinem Kind ihre Liebe schenken konnte, kümmerte sie sich schon früh um Tiere, die keinen Menschen hatten. Die Erbschaft ermöglichte ihr, sich vorzeitig aus dem immer anstrengenderen Beruf zurückzuziehen. Sie zog in dieses Haus und bald wurden, neben der Galerie, die herrenlosen Katzen auf der Straße zu ihrem wichtigsten Lebensinhalt. Karoline sammelte vor allem mutterlose Katzenkinder ein und brachte sie ins Tierheim.

So lernte sie Liane kennen, die im Tierheim arbeitete. Karoline war froh, dass die Dachgeschosswohnung gerade frei war, als Liane kurze Zeit später umziehen musste, und bot ihr diese an. Die Frauen freundeten sich immer mehr an, und vor ein paar Monaten fasste Karoline einen folgenschweren Entschluss.
„Ich konnte ja nicht ahnen, dass das der armen Liane das Leben kosten würde", sagt sie mit zitternder Unterlippe, den Tränen nah.
Jule legt wieder einmal tröstend ihren Arm um die alte Dame, die sich einmal kräftig und gar nicht so damenhaft in ihr Spitzentaschentuch schnäuzt und fortfährt: „Ich wollte mein Erbe dem Tierheim hinterlassen, dann wären die armen Geschöpfe auf Jahre hin gut versorgt gewesen. Liane sollte sich um alles kümmern, sie hatte auch das Testament in Verwahrung. Ich ahnte ja nicht, dass ich sie überleben würde." Wieder zittert ihre Unterlippe, und nun kullern tatsächlich ein paar Tränen ihre faltigen Wangen hinab. Einige Schluchzer später fasst sie sich wieder, und es sieht so aus, als wäre sie froh, sich endlich alles von der Seele reden zu dürfen.

„Ich habe als Gegenleistung von Liane verlangt, dass alle Kätzchen, die ich ins Tierheim bringe, innerhalb kürzester Zeit zu liebevollen Menschen kommen sollen. Damit habe ich sie wohl unter Druck gesetzt, denn sie wollte meinem Wunsch entsprechen, um das Erbe fürs Tierheim zu sichern. Ich bin, denke ich, schuld, dass sie sich als Mann ausgegeben und die Kätzchen an fremde Frauen verschenkt hat."

Mara versucht nun auch, zu trösten, und berichtet, dass die beiden Freundinnen dieser Spur zwar nachgegangen sind, aber es nicht so aussieht, als habe eine dieser Frauen Liane getötet. Carla hat erstaunlicherweise die ganze Zeit den Mund gehalten und Karoline nicht einmal unterbrochen.

Nun sagt sie leise zu Jule: „Kind, das ist ja wie im Fernsehen beim Tatort!"

Sie scheint ehrlich geschockt zu sein, indirekt mit einem echten Mordfall zu tun zu haben.

Und dann sagt sie noch etwas, das Karoline eben schon andeutete: „Vielleicht hat das Ganze mit dem Testament zu tun? Wenn nun irgendjemand nicht will, dass das Tierheim alles erbt?"

Jule nickt. Da sie nicht sehen kann, dass Karoline, die auf der Couch neben ihr sitzt, bei Carlas letzten Worten sehr blass geworden ist, sagt sie leise, fast wie zu sich selbst: „Wer würde denn erben, wenn es dieses Testament nicht gäbe?"

„Aber das ist es ja!", bricht es aus Karoline heraus. „Darum hab ich ja das Testament gemacht. Ich hatte eine Schwester, Lisbeth. Sie war eine herzensgute Frau, doch sie heiratete den falschen Mann. Mein Gott, was hat sie sich abgerackert, um Hermanns Geschäft am Laufen zu halten, während er sich im Wirtshaus amüsierte." Empörung klingt aus ihrer Stimme.

„Lisbeth starb, kaum dass sie fünfzig Jahre alt war. Ihr Mann soff sich wenig später zu Tode. Ihr gemeinsamer Sohn Rolf, also mein Neffe, wäre mein einziger Erbe. Doch dieser Tiermörder weigerte sich, mir zu versprechen, jährlich einen Teil der Mieteinnahmen dem Tierheim zu spenden."

„Tiermörder?", unterbricht Carla sie nun doch erstaunt.

„Ja, Tiermörder und Hundehasser. Mein Neffe wurde Metzger, wie sein Vater. Ihr seid wahrscheinlich an seinem Laden vorbeigekommen, Metzger Krumm in der Margritstraße. Er mag Tiere nur als Fleisch in der Pfanne." Die alte Dame schüttelt sich.

„Und da hab ich ihm direkt ins Gesicht gesagt, dass ich nun alles dem Tierheim hinterlassen werde."

„Hm, das ergibt keinen Sinn", meint Jule und schüttelt den Kopf. Auch ich verstehe nicht, wieso ein Tiermörder Liane umbringen sollte, wenn Karoline ihn doch sowieso enterbt hat.

„Nun, ich muss euch noch etwas gestehen", setzt Karoline kleinlaut hinzu. „Mein Neffe wusste, dass Liane das Testament hat."

„Du hast es ihm gesagt?" Carla sieht sie erstaunt an. „Warum?"

„Das ist aber immer noch kein Grund, Liane umzubringen", wirft Mara ein.

„Rolf kam vor zwei Wochen hierher, um mich um Geld anzubetteln. Er faselte etwas von Familienehre und dass sein Geschäft gerade nicht so gut liefe. Als ich mich weigerte, ihm etwas zu geben, bedrängte er mich, wenigstens das Testament zu ändern. Man könnte meinen, er hoffte auf meinen baldigen Tod!" Karolines Stimme klingt ehrlich empört. „Sonst hat er mich nie besucht. Ich blieb abweisend, und als er nicht gehen wollte, drohte ich, die Polizei zu rufen. Er wurde wütend und brüllte, dass er wiederkäme, das Testament finden und mich zwingen würde, es zu ändern. Ja, und dann kam

Liane gerade zur Haustür herein, hörte sein Gebrüll und stellte sich schützend vor mich. Rolf solle mich in Ruhe lassen, das Testament hätte sie an einem sicheren Ort versteckt, und wenn er sich noch einmal hier blicken ließe, würden wir die Polizei verständigen." Sie schluchzte erneut. „Hätten wir das nur gleich getan, dann wäre Liane jetzt vielleicht noch am Leben."

„Du hast hoffentlich Patullek von dem Testament und von Rolf erzählt?" Jule schaut Karoline mit ernstem Gesicht an.

„Nein, das konnte ich nicht, ich weiß doch nicht, ob wirklich mein Neffe derjenige war, der Liane umgebracht hat. Und außerdem hab ich mich so geschämt." Sie schaut Jule flehend an. „Versteht doch, ich ... ich dachte, wenn es so war, wird die Polizei es schon herausfinden. Das ist ja ihr täglich Brot. Und dann kamt ihr mit eurer Geschichte von diesem Onlinedating und den Frauen."

Oh je, hier ist wohl Einiges ganz gehörig schief gelaufen! Warum denken Menschen nur immer so kompliziert?

„Du musst der Polizei von dem Testament und von deinem Verdacht erzählen", beschwört Carla die alte Dame, und Mara und Jule stimmen ihr zu. Es ist einer der seltenen Momente, in denen Carla, ihre Tochter und deren Freundin der gleichen Meinung sind. Jule bietet sich an, Karoline zum Hauptkommissar zu begleiten, als moralische Unterstützung sozusagen. Dankbar tätschelt die alte Dame Jules Hand und atmet tief durch.

„So, nun aber genug gegrübelt! Wer möchte noch ein Stück Erdbeerkuchen?" Carla schafft es tatsächlich, die Stimmung wieder fröhlicher werden zu lassen, und bald ist die Damenrunde voll damit beschäftigt, sich gegenseitig lustige Erlebnisse aus der Jugend zu erzählen.

Mir dagegen geht dieser Metzger nicht aus dem Kopf. Ein grober, böser Mann, so hat Karoline ihn beschrieben, und so stelle ich mir einen Mörder vor. Hat ein Mensch, der Tiere umbringt, auch weniger Hemmungen, einen Menschen zu töten? Und dann ist da noch der Leberwurstgeruch vom Metzger Krumm, den ich auch an Lianes Leiche erschnüffelt habe. Leider ist das kein Beweis für Rolfs Schuld, da außer mir niemand diesen Geruch wahrgenommen hat. Es könnte doch sein, dass der Metzger Liane erwürgt hat. Das würde den Geruch nach Leberwurst an ihrer Leiche erklären. Mein kleines Hundehirn ist müde, aber diesen Gedanken muss ich festhalten und später weiterverfolgen.

Auf dem Heimweg in Maras Auto betont Carla immer wieder, wie froh sie ist, gerade jetzt bei uns zu sein, in dieser aufregenden Zeit. „Nicht auszudenken, Kind, du in einen Mord verwickelt und ganz allein!"

Hallo? Ich bin auch noch da und Mara ebenso. Von hinten kann ich Jules Gesicht zwar nicht sehen, bin mir aber sicher, dass sie wieder einmal die Augen verdreht.

„Ja, was ist das denn?" Mara klingt ärgerlich, als sie in unsere Straße einbiegt, aus der uns gerade ein Auto langsam entgegenkommt. „Hast du das gesehen? Das war Patullek. Was will der denn am Samstagabend um diese Zeit noch hier?", wendet sie sich an Jule, während sie das Auto vor unserem Haus zum Stehen bringt.

„Keine Ahnung." Jule zuckt müde die Schultern. „Zum Glück scheint er uns nicht gesehen zu haben. Hab jetzt überhaupt keine Lust, mit ihm zu reden. Das muss bis Montag warten."

Die beiden Freundinnen verabschieden sich mit Küsschen und Drücken, und auch ich werde noch einmal herzlich von Mara geknuddelt.

Nach einer Mini-Gutenacht-Gassi-Runde falle ich in einen tiefen Schlaf. Ich träume einen wunderbaren Traum, in dem der Himmel statt mit leuchtenden Sternen mit duftenden Leberwürsten behangen ist, die sanft im Wind schaukeln und leise rufen: „Friss mich!" Leider kann ich nicht fliegen.

Kapitel 16 Orchideen zum Frühstück

Am Sonntagmorgen verkündet Carla, dass sie sich nun nützlich machen und als Erstes mit mir Gassi gehen will.

„Kind, du schreib mal lieber", sagt sie zu Jule und tätschelt ihr dabei die Wange, als wäre ihre Tochter wirklich noch ein kleines Mädchen.

Ich sehe, dass Jule die Zähne zusammenbeißt, weil ihr das nicht gefällt, und knurre ihre Mutter ein bisschen an. Doch Carla lacht nur, schnappt sich meine Leine und hinaus geht es in Richtung Stadtpark. Leider lässt sie mich auch dort nicht frei laufen, sodass mein Besuch im Tierheim heute Morgen ausfallen muss. Dafür wird es auf dem Rückweg lustig, denn wir treffen die Nachbarin Frau Schmitz vor ihrem Haus.

Sie begrüßt Carla überschwänglich: „Ja, guten Morgen, sind Sie nich die Schwester von Frau Anders?"

„Ach nein, ich bin die Mama." Carla kann sich scheinbar nicht zwischen Stolz und Erröten entscheiden und macht ein ziemlich komisches Gesicht.

„Wie geht's denn ihrer Tochter und den lieben Kleinen? Die Kätzchen sind ja so süß!" Mit einem vorsichtigen Blick zu mir hinunter, beeilt sie sich, hinzuzufügen: „Und der Hund natürlich auch."

Grrr ... ich bin nicht der Hund, sondern die Hündin! Warum kann die dicke Frau sich das nicht merken? Ich mag sie nicht, und wenn sie für Jule tausend Kuchen backen würde!

Plötzlich zieht Carla an meiner Leine. Ich habe vor lauter Ärgern die letzten Worte der beiden Frauen verpasst und bin nun um so mehr erstaunt, von Carla in die offene Haustür der Nachbarin hineingezogen zu werden.

Was wollen wir denn hier? Wenig später duftet es nach Kaffee, Carla und Frau Schmitz sitzen auf dem großen grünen Plüschsofa, und ich liege zu ihren Füßen auf dem weichen Teppich, auf den Frau Schmitz allerdings ein dunkles großes Handtuch ausgebreitet und darauf bestanden hat, dass ich nur genau dort liegen darf. Schnell sind die beiden beim Du und somit bei Carla und Irene. Da haben sich die zwei richtigen Klatschtanten gefunden, denke ich, das kann dauern. Gelangweilt sehe ich mich im Wohnzimmer um. Soweit ich das von meinem Platz hier unter dem Tisch erkennen kann, dominieren in der Wohnung Grünpflanzen. Überall, auf niedrigen Schränkchen und kleinen Regalen, auf den Fensterbrettern und selbst auf dem Fußboden vor der Terrassentür stehen Töpfe mit Blumen darin, die in den verschiedensten Farben blühen. Jule hat auch eine solche Blume – die Orchidee, an der die Katzen nicht knabbern dürfen. Frau Schmitz muss fast einhundert davon haben, eine Tatsache, die mich dank der zahlreichen Blüten mit ihrem seltsamen Duft nicht einschlafen lässt. Also döse ich ein wenig vor mich hin und werde unfreiwillig Zeuge eines Gespräches, das sich zunächst um Belanglosigkeiten wie Gallensteine, Diäten und Lieblingssendungen im Vorabendprogramm dreht, dann aber eine überraschende Wendung nimmt.

Während ich gerade darüber sinniere, dass diese Unterhaltung einem von Jules Kennenlern-Essen mit einem x-beliebigen Internet-Mann sehr ähnelt, fällt plötzlich ein mir bekannter Name. Patullek! Genauer gesagt, Waldemar Patullek und im Folgenden nur noch Waldemar. Spricht Irene Schmitz wirklich von unserem Patullek, dem Hauptkommissar? Mit aufmerksam gespitzten Ohren verfolge ich, welches Loblied die Nachbarin hier gerade flötet. Sie hätten sich über das Internet kennengelernt, nein, nicht über so ein Onlinedating, sondern über ein Forum für Orchideenzüchter. Waldemar wäre dort der absolute Spezialist, von dem selbst sie noch etwas lernen könne. Und charmant sei er, wie sie gestern feststellen durfte, als sie ihn zum Begutachten ihrer genau achtundachtzig Orchideen und zu Rindsrouladen mit Rotkraut eingeladen hatte. Dabei errötet sie tatsächlich ein wenig. Meine Güte, da hat sich doch nicht etwa unsere Lieblingsnachbarin in unseren Lieblingskommissar verliebt? Menschen sind doch immer wieder überraschend.

Wie sagten Flocke und Nino? Die Menschen ändern ihr Verhalten wegen des Geldes oder wegen der Liebe. Und wenn es nicht das eine ist, dann ist es eben das andere.

Irgendwann schlägt die große Standuhr in Irenes Flur laut und dumpf, sodass ich aus meiner Döserei erwache und Carla ebenfalls erschrocken aufspringt: „Was? So spät schon? Ich wollte doch Jule noch im Haus zur Hand gehen."
Mit dem gegenseitigen Versprechen, diesen Kaffeeklatsch möglichst bald zu wiederholen, verabschieden sich die beiden Frauen, als wären sie seit Jahren beste Freundinnen.

Eine kleine Orchidee – selbst gezüchtet, wie Irene stolz betont – in der einen und meine lose Leine in der anderen Hand, überquert Carla die Straße und steuert auf Jules Haus zu. Ich folge ihr ohne Leine und habe vor, im nächsten Moment Jule schwanzwedelnd zu begrüßen, als ob wir uns drei Wochen nicht gesehen hätten.

Doch dann zieht plötzlich ein lieblicher, fast schon vertrauter Duft an meiner Hundenase vorbei. Leberwurst von Metzger Krumm! Moment mal, Metzger Rolf Krumm, der Neffe von Karoline und wahrscheinlich der Mörder von Liane. Ich kann gar nichts dafür, meine Beine schlagen wie von selbst eine andere Richtung ein, immer der Nase und dem Leberwurstduft folgend. Ich belle jetzt nicht, denn ich will den Duftträger unbemerkt einholen. Meine Schritte werden automatisch schneller, ich laufe, renne, höre im Hintergrund Jules Mutter rufen, doch das Rufen wird leiser und verstummt ganz, kaum dass ich um die nächste Straßenecke biege.

Da vorne ist er, der Duft, dem ich folge, und der Mann, der ihn verströmt. Ein stämmiger Kerl auf einem Fahrrad, mit dem er am Ufer des Stadtgrabens entlangradelt. Trotz der sommerlichen Temperaturen trägt er eine warme Jacke mit Pelzkragen. Seine Füße stecken in dicken schwarzen Schnürstiefeln und treten kräftig in die Pedale, dennoch komme ich ihm immer näher, denn ich bin ein schneller Hund. Auf der Jagd zu sein, setzt ungeahnte Energiereserven in mir frei. Der Weg streift den Stadtpark, in der Ferne sehe ich die hellen Mauern des Tierheims durch das Grün der Bäume schimmern.

Gerade als ich denke, den Radler gleich erreicht zu haben, biegt er abrupt nach rechts ab, auf eine schmale Brücke, die über den Stadtgraben führt und eigentlich nur für Fußgänger vorgesehen ist. Zumindest sagt dies ein blaues Schild, auf dem ein großer und ein kleiner Mensch einander an den Händen halten. Ich höre eine Frau laut schimpfen, während ich fast an der Brücke vorbeischieße, so ein Tempo habe ich mittlerweile drauf. Am anderen Ufer schiebt im selben Moment eine kleine Frau einen breiten Zwillingskinderwagen auf die Brücke. Ihrem andauernden Geschimpfe entnehme ich, dass der Radler sie eben fast umgefahren haben muss. Leider ist der Kinderwagen so breit, dass ich mich, obwohl ich eine sehr schlanke Hündin bin, nicht daran vorbei traue. Ich habe nämlich Respekt vor

Rädern aller Art, da ich bereits einige schmerzhafte Begegnungen mit ihnen hatte. Endlich ist die Dame auf meiner Seite der Brücke angekommen, und ich warte brav am Rand des Weges, um sie vorbeizulassen.

Doch was tut sie? Bleibt stehen, beugt sich zu mir herab, streichelt meinen Kopf und sagt: „Hallo meine Hübsche, was machst du denn hier so allein?"

Sehr geschmeichelt von der freundlichen Anrede und vor allem davon, als Dame angesprochen zu werden, wedele ich mit dem Schwanz. Trotzdem versuche ich vorsichtig, mich an ihr vorbei zu drücken, ich habe doch eine Aufgabe, ich muss einen Mordverdächtigen verfolgen!

Als hätte sie mein Bellen verstanden, gibt die junge Frau den Weg frei: „Na dann, du weißt sicher, wo du hingehörst."

Wo ist die Spur? Suchend bewege ich am anderen Ufer meine Nase über den Boden. Ah, da habe ich sie, Leberwurstduft! Nun aber schnell.

Ich renne jetzt wieder auf einem Radweg und muss dabei höllisch aufpassen, nicht von einem der Radler angefahren zu werden, die hier am Sonntagvormittag zahlreich unterwegs sind. Gepflegte Einfamilienhäuser säumen den Weg. Kleine bunte Häuschen mit winzigen Vorgärten und Blumenkästen an jedem Fenster weichen langsam immer größer werdenden, protzigen Villen, die sich hinter schweren eisernen Toren und Mauern verstecken. Ein hoher Maschendrahtzaun umgibt nach dem letzten Haus ein großes Grundstück.

Plopp, plopp … Ich höre Bälle hin- und herspringen. Die Tennisplätze sind um diese Zeit gut besucht, schwitzende Menschen laufen den Bällen hinterher, ich höre Lachen und Rufen.

Die Spur, der ich folge, führt am Zaun entlang. Ein großes Gebäude ragt neben mir auf, an dessen Ende eine Pforte den Weg zu den Tennisplätzen freigibt. Genau dort hinein muss der Mann geradelt sein, denn der Leberwurstduft weht um die Ecke. Schnüffelnd folge ich ihm, das heißt, ich versuche es.

Denn wie aus heiterem Himmel fährt mir ein kräftiger Schmerz in die rechte Seite. Ich fliege ein Stückchen seitwärts durch die Luft, knalle mit der linken Brust gegen einen Pfosten und weiß einen Moment lang nicht, welche Körperseite mir mehr wehtut. Während ich vor Schmerz aufjaule, sehe ich aus dem Augenwinkel etwas Dunkles auf mich zukommen und kann mich im letzten Moment durch einen gekonnten Rückwärtssprung in Sicherheit bringen. Wobei Sicherheit zu viel gesagt ist, denn schon wieder tritt ein dunkler Stiefel nach mir, und ich höre eine wütende Männerstimme brüllen: „Mach, dass du fortkommst, du dreckige Töle!"

Wäre ich ein Menschenwesen, wie meine geliebte Jule, dann würden mir jetzt wahrscheinlich Tränen in die Augen schießen. Ich bin keine dreckige Töle, sondern eine edle Deutsch-Drahthaar-Dame! Ich belle laut und springe nochmals ein Stück zurück. Aus diesem Abstand knurre ich meinen Angreifer wütend an. Das muss Rolf Krumm sein, der Hundehasser, wie mir Karolines Worte wieder in den Sinn kommen. Der Mann mit dem Leberwurstgeruch. Und da ist noch ein Geruch an ihm, den ich mir nicht erklären kann. Wieso riecht der Mann nach Schäferhund, wenn er doch Hunde nicht ausstehen kann? Ich belle weiter, immer wütender.

Vor mir steht ein wirklich böser Mensch, bestimmt hat er Liane umgebracht, jawohl. All meine Wut über den sinnlosen Mord und meinen Schmerz, den mir der Fußtritt zugefügt hat, lege ich in mein Bellen hinein.

Auf einmal spüre ich eine riesige Hand an meinem Hals. Sie umkrallt mein Halsband und zerrt mich nach hinten. Ein dickes Stück Stoff wird unsanft über meine Schnauze geschoben, ich höre einen Karabiner klicken. Vor Schreck vergesse ich zu bellen und sehe mich um. Im Hintergrund erkenne ich einen Streifenwagen. Zwei Polizisten in Uniform und mit dicken Lederhandschuhen stehen davor. Einer von ihnen hält die Leine fest, die mit dem Karabiner an meinem Halsband befestigt ist. So entschlossen, wie er schaut und so breitbeinig und sicher, wie er dasteht, ist es sinnlos, auch nur an Flucht zu denken. Leider ist keiner von beiden Franco, der mich immer so lieb streichelt. Stattdessen höre ich eine barsche Stimme sagen: „Dann komm mal mit, du Streuner!" Gleichzeitig werde ich in Richtung Streifenwagen gezogen.

Das Ding um meine Schnauze muss ein Maulkorb sein, es riecht nach unzähligen anderen Hunden und nach der Angst, die sie hineingeatmet haben.

Ich habe auch Angst. Wohin soll ich mitkommen? Was haben die Polizisten mit mir vor?

Kapitel 17 Gefangen

Der Streifenwagen ist auch ein Kombi, so wie Maras Auto, nur viel größer. Im Kofferraum riecht es seltsam, nach anderen Hunden, Maschinenöl und Erde. Von vorne aus dem Fahrgastraum wehen Geruchsfetzen von Schmutz, Alkohol, menschlichen Exkrementen und Erbrochenem herüber, auch wenn die Polizisten versucht haben, diese mit einer Vielzahl von Reinigungsmitteln und einem am Rückspiegel baumelnden Duftbaum zu vertreiben. Ich springe unruhig hin und her und schaue aus dem Fenster, während das Polizeiauto sich in Bewegung setzt. Die beiden Polizisten lachen und sprechen miteinander, sie scheinen nicht böse auf mich zu sein.

Warum haben sie mich dann eingefangen? Ich bin kein herrenloser Straßenhund, Jule wird mich sicher schon vermissen. Bei dem Gedanken schäme ich mich, denn ich habe überhaupt nicht an Jule gedacht, als ich die Verfolgung des Metzgers aufnahm. Der Maulkorb tut mir an der Schnauze weh, er ist zu eng, und ich mag den Angstgeruch der fremden Hunde nicht.

Wir fahren jetzt am Stadtpark entlang, und einmal glaube ich, in der Ferne Jules blaues Kleid und die langen blonden Haare durch das Laub der Bäume schimmern zu sehen. Ach, was gäbe ich drum, jetzt dort mit ihr springen und meinem Ball hinterherjagen zu können!
Stattdessen hält der Streifenwagen wenig später vor einem mir sehr bekannten Haus, dem Tierheim! Erleichtert und erfreut beginne ich zu hecheln und zu fiepen, denn gleich wird sich alles aufklären, Paula

und Erika kennen mich doch. In freudiger Erwartung laufe ich neben den beiden Polizisten her ins Büro, wo eine mir unbekannte junge Frau mit fettigem schwarzem Haar, schwarzem T-Shirt und einem dicken schwarzen Piercing-Knopf in der Unterlippe am Schreibtisch sitzt und missmutig guckt, als sie mich sieht.

„Wir haben sonntags eigentlich zu", mault sie die Polizisten an. „Außerdem sind wir übervoll." Mürrisch erhebt sie sich und schaut mich etwas genauer an.

„Wo habt ihr den denn her? Der hat doch 'ne Hundemarke."

„Es gab eine Beschwerde vom Tennisplatz über einen aggressiven Hund, und wir waren gerade in der Nähe."

Ich schaue mich im Büro um, kann aber Nino nirgends entdecken.

„Dann müssen wir den Besitzer anhand der Hundemarke ausfindig machen. Geht aber erst morgen, wenn das Rathaus wieder offen hat."

Sie nimmt dem Polizisten die Leine aus der Hand und geht mit mir durch die Tür in einen langen Flur, der weiter ins Innere des Gebäudes führt. Alles hier ist mir irgendwie vertraut, und doch möchte ich nicht hier sein. Am anderen Ende geht es hinaus ins Freigelände. Ich kann Harry, den Beagle, sehen, ziehe aufgeregt an der Leine und belle ihm ein Hallo zu.

Er schaut noch verwirrter als bei unserer letzten Begegnung. Ach, Harry, ich verstehe doch selbst nicht, was hier passiert. Leider komme ich nicht dazu, mich mit Harry zu unterhalten, denn die gepiercte Frau zerrt mich an der Leine unsanft nach rechts. „Ganz ruhig, du gehst erst einmal schön hier rein", bestimmt sie.

Ehe ich mich richtig besinne, bin ich nicht etwa draußen bei den anderen Hunden, wie ich gehofft hatte, sondern hinter einer dicken Stahltür in einem ungemütlichen Zwinger.

Rums! Mit einem metallenen Krachen fällt die Tür hinter mir ins Schloss. Ich bin allein. Wieder einmal im Tierheim gefangen.

Erinnerungen kommen hoch, wie ich als kleiner Hund zitternd vor Angst hier saß und keine Ahnung hatte, dass ich es später so gut bei Jule haben würde. Erzählungen anderer Hunde fallen mir ein, wie es ihnen ergangen war, bevor sie hier landeten. Was sie alles Schlechtes erlebt hatten.

Mein Freund Nino, der hier wohl nie wieder herauskommen wird, fehlt mir. Wo ist er nur? Könnte ich wenigstens mit Harry reden. Aber die dicke Metalltür lässt kaum Geräusche oder Gerüche durch. Und der Durchgang zum Freigelände ist mit einer Gittertür versperrt, sodass Harry nicht einmal bis in den Flur laufen kann. Hier hocke ich nun mit meinen traurigen Gedanken, fühle mich hundeseelenallein und wie im Gefängnis. Vor dem winzigen Fenster ist tatsächlich ein engmaschiges Drahtgitter angebracht. Mir kommt Carlas Traum in den Sinn, von dem sie Jule erzählte, und der sie in Sorge um ihre Tochter hierher reisen ließ. Ach Carla, du hast nicht Jule im Gefängnis gesehen, sondern mich.

Die Sonnenstrahlen wandern über den Boden, bis sie schließlich von einem schmalen Streifen kalten Mondlichts abgelöst werden. Ich habe einen Napf mit Trockenfutter und einen zweiten mit Wasser hingestellt bekommen. In der Ecke liegt eine Gummimatte, die wohl mein Bett sein soll. Auch sie vereint den Geruch von Reinigungsmitteln und tierischen Exkrementen und erinnert mich damit an die Fahrt im Streifenwagen. Wo ich Jule ein letztes Mal zu sehen glaubte. Ach, ich bin so traurig und muss einfach ein bisschen heulen.

So weine ich mich in den Schlaf, denn niemand kommt und erlöst mich. Die Nacht ist voller dunkler Träume, in denen ich böse Männer verfolge, die auf Fahrrädern flüchten.

Am nächsten Morgen bin ich schon vor Sonnenaufgang wach. Wenn ich doch nur hier herauskäme – zurück zu Jule. Sie vermisst mich bestimmt sehr und macht sich Sorgen. Ich würde ihr zu gern erklären, dass ich Rolf Krumm verfolgt habe. Dann könnte sie der Polizei sagen, dass er Lianes Mörder ist. Unruhig laufe ich in meiner Zelle hin und her, hin und her ...

Ein paar Stunden, die mir wie Tage vorkommen, vergehen. Dann öffnet sich die Tür mit einem lauten Quietschen, und ich bin vor Freude völlig aus dem Häuschen! Vor mir steht Franco in seiner Polizeiuniform, und im selben Moment schießt ein Stückchen Sommerwiese an ihm vorbei auf mich zu. Oh, sie riecht so gut! Jule in ihrem grünen Kleid mit den vielen Blümchen darauf! Ich springe zu ihr und schenke ihr eine Unmenge feuchter Hundeküsse. Lachend und mit Tränen in den Augen lässt Jule sich das gefallen, obwohl sie sich sonst meist dagegen wehrt.

„Rika, ist ja gut. Ich bin ja so froh!" Sie wendet sich an Franco und fällt ihm um den Hals: „Dir auch danke, dass du mir gleich Bescheid gesagt hast."

„Ist doch selbstverständlich. Ich hab sofort an Rika gedacht, als meine Kollegen vor der Frühschicht von dem Hund erzählten, den sie gestern hergebracht haben. Tut mir leid, dass ich dir nicht schon gestern helfen konnte."

Mit diesen Worten verabschiedet sich Franco. Er hat heute Frühschicht und muss wieder zu seinem Kollegen im Streifenwagen.

Stolz erhobenen Hauptes lasse ich mich von Jule aus der Zelle führen. Die ganze Welt soll sehen, dass ich kein Straßenhund bin, sondern zur allerliebsten und besten Jule gehöre, neben der ich ganz brav an der Leine laufe!

Heute sitzt wieder das Piercingmädel vorne im Büro. Allerdings scheint sie jetzt bessere Laune zu haben, denn sie begrüßt mich mit einem Lächeln und sagt: „Na, du Streuner, da hast du ja Glück gehabt, dass du so schnell wieder nach Hause kannst."
Nino liegt zu ihren Füßen und verrät mir, dass sie Maren heißt. Wie froh bin ich, meinen alten Freund zu sehen. Wir begrüßen uns mit überschwänglichem Schwanzwedeln, während Jule sich mit Maren unterhält. Nino hört sich schweigend an, was seit unserem letzten Treffen geschehen ist. Nachdem ich ihm die Verfolgungsjagd und den Kampf mit dem Metzger geschildert habe, hebt er den Kopf, als wolle er mir trotz seiner Blindheit in die Augen sehen. Und was ich dann erfahre, lässt mir mein Fell zu Berge stehen.

Wir hatten uns ja über die Schäferhundhaare gewundert, die sowohl auf Lianes Leiche als auch im Büro des Tierheims zu finden waren. Und dann roch auch noch der Metzger nach Schäferhund, obwohl er doch Hunde hasst. Aus einem Bericht im Radio, den Paula letzte Woche hier im Büro gehört hatte und dessen unfreiwilliger Zuhörer auch Nino wurde, ging die ebenso logische wie schreckliche Erklärung hervor: Pelz aus Asien ist oftmals in Wirklichkeit Hunde- oder Katzenfell! Nino will mir keine Details erzählen, er meint, es reicht, wenn er seit dem Bericht Albträume hat. Ich erfahre nur, dass in China Hunde und Katzen brutal getötet werden, um ihr Fell zum Beispiel zu Pelzkragen zu verarbeiten. Oh je! Mir tun nicht nur meine armen Verwandten leid, nein, so ein grausames Schicksal gönne ich auch keiner Katze!

Die Jacke vom Metzger Krumm kommt mir wieder in den Sinn, denn die hatte einen Pelzkragen. Nino nickt, als ich ihm davon erzähle. Ja, das würde die Hundehaare bei Liane erklären und außerdem bedeuten, dass der Metzger der Einbrecher im Tierheim gewesen sein könnte. Nun müssen wir ihn nur noch überführen. Oh, ich bin so aufgeregt! Der böse Mann darf uns nicht entkommen!

Gerade kann ich mich noch von Nino verabschieden, da zieht Jule mich mit nach draußen. Wie schön ist es, die Sommersonne wieder auf meinem Fell zu spüren!

Doch Jule sieht mich ernst an. „Rika, sitz!", befiehlt sie, und ich gehorche sofort. Hier habe ich wohl Einiges wiedergutzumachen.

„Versprichst du mir, dass du das nie, nie wieder tust?"

„Wuff!"

„Du darfst nicht einfach fortlaufen, hast du verstanden?"

„Wuff!"

„Ich bin doch so froh, dass du wieder da bist!"

„Wuff!"

Dabei löst sie die Leine von meinem Halsband. Nun kann ich nicht mehr an mich halten, ich springe auf und gebe Jule einen weiteren Hundekuss, als Zeichen dafür, dass ich sie verstanden habe. In diesem Moment glaube ich fest daran, dass ich nie wieder fortlaufen werde.

Wir hüpfen und springen durch den Stadtpark. Jule ist ebenso vergnügt wie ich und albert mit mir herum wie ein kleines Mädchen. Sie versteckt sich hinter den großen, alten Bäumen mit ihren dicken Stämmen und glaubt, ich könnte sie dort nicht sehen. Aber ihre langen Haare flattern im Wind und verraten sie – oder hat schon mal jemand eine alte Eiche mit blonden Locken gesehen? Irgendwann klingelt Jules Handy.

„Hallo Mara." Jule ist noch ganz außer Atem von unserer Toberei. „Was, so spät schon? Wir kommen sofort!"

An der Leine geht es zurück nach Hause, wo Maras blauer Kombi vor der Tür steht. Mara ist drinnen bei Carla. Beide Frauen sind überglücklich, mich wiederzusehen und streicheln und knuddeln mich unaufhörlich. Ach, es ist einfach herrlich, nach dem Wegsein wieder da zu sein!
Jule lässt sich aufs Sofa plumpsen und bedankt sich, als Carla ihr eine Tasse Kaffee reicht.
„Kind, komm, den hast du dir verdient nach all der Aufregung!"
„Danke, Mama. Aber es ist noch nicht vorbei. Wir holen gleich Karoline ab und fahren mit ihr zum Hauptkommissar, um ihm von dem Testament zu berichten."
„Ich komme mit!" Carlas Stimme ist freundlich, aber energisch. Jule seufzt und schweigt, denn sie weiß, Widerspruch ist zwecklos.

Kapitel 18 Flocke

Währenddessen liege ich mit dem müden Flocke unter dem Tisch und erzähle ihm von meiner Verfolgungsjagd, dem Kampf mit dem Metzger am Tennisplatz und meiner Nacht im Tierheim. Dabei vergewissere ich mich immer wieder, dass der Dackel nicht etwa während meiner Geschichte einschläft. Als ich allerdings zu Ninos Bericht über die Schäferhundhaare und chinesischen Pelzhändler komme, ist Flocke plötzlich hellwach. Er wedelt so sehr mit dem Schwanz, dass ich befürchte, er hebt gleich vom Boden ab wie ein Helikopter. Soviel Energie hat der kleine Krummbeinige ewig nicht mehr gezeigt. Und dann erfahre ich, dass Flockes Mama spurlos verschwand, als er erst wenige Wochen alt war. Damals ging das Gerücht um, dass böse Männer in der Gegend seien und Hunde einfach so wegfingen.

Bevor wir das Thema weiter vertiefen können, mahnt Carla zum Aufbruch. Typisch Jules Mutter – erst drängt sie sich selbst auf, um dann direkt die Führung zu übernehmen.

Flocke und ich hocken im Kofferraum und schauen aus dem Heckfenster. Eigentlich schaue nur ich und berichte Flocke, was ich sehe, da er zu klein ist, um selbst hinausblicken zu können. Mara fährt zunächst zu Karoline, die uns bereits vor ihrer Galerie erwartet. Sie trägt heute wieder ihr Kostüm mit den Eulen darauf und dazu eine große passende Handtasche, die ebenfalls über und über mit Eulen bestickt ist.

Und dann passieren mehrere Dinge gleichzeitig: Mara steigt aus, öffnet den Kofferraum, um Karolines Tasche hineinzulegen. Jule steigt ebenfalls aus, klappt den Beifahrersitz nach vorn und schlüpft zu Carla nach hinten auf die Rückbank. Karoline versucht mit Maras Hilfe, umständlich auf dem Beifahrersitz Platz zu nehmen. Ein Fahrradfahrer kommt den Bürgersteig entlanggeschossen und prescht haarscharf an Mara und der geöffneten Beifahrertür vorbei. Ein Geruch von Leberwurst und Schäferhund weht dem Radfahrer nach, und Flocke sieht mich fragend an.

Einen winzigen Augenblick zögere ich, bevor ich aus dem Auto springe und die Verfolgung aufnehme. Vor mir radelt eindeutig Rolf Krumm. Hinter mir höre ich ein Trappeln und ein Japsen. Verwundert drehe ich den Kopf und sehe Flocke, der mir folgt. Na prima, auf seinen kurzen Beinchen ist er nicht einmal halb so schnell wie ich.

Von noch weiter hinten ertönt Maras entsetzte Stimme: „Rika! Flocke! Hiiiiier!"

An der nächsten Ecke sehe ich, dass der Metzger auf seinen Laden zu radelt und in der großen Toreinfahrt zum Hof verschwindet. Ich bleibe stehen, um auf Flocke zu warten, der hechelnd und mit hängender Zunge angetippelt kommt. Mit großen Augen sieht er zu mir auf, als erwarte er von mir eine kluge Ansage, wie es nun weitergehen soll.

Ich überlege kurz. Es gibt nur eine Möglichkeit, unserem gemeinsamen Fortlaufen einen Sinn zu geben: Wir brauchen die Jacke des Metzgers als Beweisstück! Anhand der Schäferhundhaare des Pelzkragens kann die Polizei ihn dann als Lianes Mörder überführen!

Das letzte Stück zum Haus des Metzgers lasse ich Flocke vorlaufen, damit er das Tempo bestimmen kann. Vorsichtig bleiben wir an der Hausecke stehen, und ich spähe durch das Schaufenster in den Laden. Schnell ducke ich mich wieder, denn genau in diesem Moment taucht Rolf Krumm im hinteren Teil des Ladens auf. Schwere Schritte nähern sich der Ladentür, ein Schlüssel wird herumgedreht, dann entfernen sich die Schritte wieder. Die Uhr des Kirchturms am Pferdemarkt schlägt zehn Mal.

Das Haus ist ein dreistöckiger alter Fachwerkbau mit sichtbaren Balken. Zur Straße hin hat es links ein Schaufenster, das einen Blick ins Hundeparadies verheißen könnte, wenn hinter der Theke nicht der böse Hundehasser mit einem schweren Beil in der Hand stehen würde. Neben dem Schaufenster gibt es eine Tür, die in das Innere des Ladens führt. Gerade kommt eine ältere Dame, die sich auf einen Krückstock stützt, langsam auf die Tür zu. Als sie diese öffnet, um einzutreten, erklingt ein kleines Glöckchen, und der himmlische Duft von Leberwurst, Wienerle und Salami, der den Laden umschwirrt, verstärkt sich beinahe ins Unerträgliche. Oh, was gäbe ich darum, der Dame in den Laden folgen und einen Blick auf all die Köstlichkeiten werfen zu können!

Doch wir haben eine wichtige Aufgabe zu erledigen und dürfen keine Aufmerksamkeit erregen. Sonst halten uns womöglich übereifrige Passanten für Straßenköter. Auf mein Zeichen hin setzen wir uns in Bewegung und schleichen am Laden vorbei in Richtung Hofeinfahrt. Ich muss mich dabei ziemlich klein machen, damit man mich vom Laden aus nicht sehen kann. Flocke trappelt hoch erhobenen Hauptes hinter mir her. Ich hätte nicht gedacht, den alten Dackel noch einmal so munter zu sehen. Er scheint sehr stolz zu sein, mit mir auf Mörderjagd gehen zu dürfen. Unbemerkt erreichen wir so den

Torbogen und bewegen uns vorsichtig weiter über das Kopfsteinpflaster in den Hof hinein.

Das kleine Grundstück wird hinten durch eine hohe Mauer begrenzt, an den Seiten von den Giebeln der Nachbarhäuser. An der Mauer stehen ein paar Mülltonnen und daneben wächst ein großer Holunderbusch. Seine Blätter werfen ein schattiges Muster auf den Hof, das ich am liebsten näher untersuchen würde. Flockes aufgeregtes Gehechel erinnert mich jedoch daran, dass wir einen Mörder jagen und keine Zeit für Schattenspiele haben. Von der Straße dringen undeutliche Rufe herüber, es klingt ein bisschen wie Rika und Flocke. Ja doch, wir werden sofort zurückflitzen, sobald wir den Mörder gefasst haben. In Gedanken gebe ich Jule mein Hundeehrenwort. Dann schaue ich mich weiter auf dem Grundstück um. Links führt eine Tür ins Treppenhaus, ich kann durch ein angeschlagenes Glasfenster ein paar Stufen erkennen. Die rechte Tür muss zu den Räumen des Metzgers führen. Beide Türen sind geschlossen.

Aber ganz rechts neben der Tür gibt es ein kleines, sehr schmales Fenster. Es befindet sich knapp einen Meter über dem Boden. Trotzdem ist es für mich ganz einfach zu erreichen, denn genau davor steht eine hölzerne Bank mit Lehne. Mit einem eleganten Sprung bin ich auf der Bank, um mir das Fenster genauer anzusehen. Dann habe ich für Flocke eine gute und eine schlechte Nachricht. Die gute ist, das Fenster ist glücklicherweise nur angelehnt und ich kann es mit meiner Schnauze ganz leicht nach innen aufdrücken. Nun schiebe ich meinen Kopf so weit wie möglich in das offene Fenster hinein und bin dadurch in der Lage, fast den gesamten Raum zu überblicken. An der Wand gegenüber hängen ein paar große Schinken. Himmlisch! Daneben erkenne ich eine Tür, die wahrscheinlich nach vorn in den

Laden führt und glücklicherweise geschlossen ist. Rechts steht eine große, silbern glänzende Maschine, die aussieht wie eine Riesenschüssel mit Messern darin. Ich möchte gar nicht wissen, was der Metzger damit anstellt. Direkt unter dem Fenster steht ein Tisch, der mit einem großen, bunt gemusterten Wachstuch bedeckt ist, das fast bis auf den Boden reicht. Irgendjemand hatte die seltsame Idee, Kühe, Herzen und Kleeblätter auf die Decke zu drucken. Um den Tisch herum stehen drei Stühle und auf einem dieser Stühle hängt die Jacke mit dem Pelzkragen! Die müssen wir haben! Leider ist das Fenster aber zu klein, um mich hindurchzuzwängen, denn mein Brustkorb ist viel breiter als mein Kopf und passt nicht durch die schmale Öffnung. Das bedeutet, Flocke muss diese Aufgabe übernehmen. Er ist sofort Feuer und Flamme.

Jetzt wird's kompliziert. Falls schon einmal jemand versucht haben sollte, einen alten Dackel dazuzubringen, auf eine Bank zu springen, weiß er, wovon ich rede. Dackel haben kurze, krumme Beine, die dazu gemacht sind, in die unterirdischen Gänge von Füchsen und Dachsen einzudringen, um diese aus dem Bau heraus und dem Jäger vor die Flinte zu jagen. Flocke ist noch nie höher als über eine Teppichkante gesprungen. Die Bank ist für ihn unerreichbar hoch. Angestrengt denke ich nach. Wir bräuchten eine Treppe für Flocke, doch hier ist keine. Hier bin nur ich. Eine Idee schießt in mein Hundehirn. Im nächsten Moment liege ich auf dem Bauch, lang ausgestreckt, neben der Bank am Boden und bedeute Flocke, auf meinen Rücken zu klettern.

Von dort schafft er es umständlich und mit rudernden Hinterpfoten auf die Sitzfläche der Bank hinauf. Die erste Etappe haben wir geschafft. Nun lege ich mich auf die Bank, Flocke klettert wieder auf meinen Rücken und muss sich jetzt gut festhalten. Langsam drücke ich meine Beine durch und erhebe mich so mit der Last auf meinem Rücken. Ich fühle mich ein bisschen wie der Esel bei den Bremer Stadtmusikanten, von dem Jule in einem ihrer Bücher erzählt. Flocke zappelt mit den kurzen Beinchen, er hat Angst hinunterzufallen. Und tatsächlich, ich spüre, wie er immer weiter zur Seite rutscht. Mit einem letzten Ruck richte ich mich komplett auf und verlagere mein Körpergewicht gleichzeitig so weit es geht nach rechts, auf das geöffnete Fenster zu. Schmerzhaft spüre ich die hölzerne Rückenlehne der Bank an meinen Rippen. Ein leises Plumpsen ist aus dem Inneren des Hauses zu hören, dann ein aufgeregtes Hecheln. Wir haben es tatsächlich geschafft – Flocke ist drinnen.

Ein begeistertes Sabbern verrät, dass Flocke die riesigen Schinken nun ebenfalls entdeckt hat. Trotzdem ist er mit ganzem Herzen auf der Spur des Mörders, denn ich sehe, wie er seine kleinen Zähne vorsichtig in den Ärmel der Jacke vergräbt und versucht, diese vom Stuhl nach oben auf den Tisch zu ziehen.

Leider ist die Jacke groß und schwer, der Dackel dagegen klein und alt. Er zieht und ruckelt und zerrt, und die Jacke rutscht auch ein Stückchen nach oben, doch er wird es nicht schaffen, sie ganz auf den Tisch zu heben. Während ich noch überlege, was wir tun können, um trotzdem das Beweisstück zu sichern, hat Flocke sich regelrecht in die Jacke verbissen und schüttelt sie, als wäre es eine Beute. Die eine Seite der Jacke rutscht vom Stuhl, Flocke scheint es vor lauter Jagdeifer gar nicht zu merken.

Ich gebe ihm leise ein Zeichen, vorsichtig zu sein. Er lässt die Jacke tatsächlich für einen Moment los und schaut fragend zu mir nach oben. Das war ein Fehler, denn nun rutscht auch die andere Seite der Jacke vom Stuhl und sie fällt auf den Boden.

Ohne lange nachzudenken, springt Flocke hinterher – erst auf die Sitzfläche des Stuhls und dann auf den Boden. Oh je, wie soll er von dort ohne Hilfe wieder auf den Tisch zurück- und zum Fenster hinauskommen?

Leise beratschlagen wir, dass es das Beste wäre, wenn Flocke sich unter dem Tisch versteckt. Irgendwann muss ja jemand kommen und die Tür zum Hof öffnen. Vielleicht haben wir Glück, und Flocke kann dann mit der Jacke unbemerkt hinaushuschen. Der Dackel zieht also weiter an der Jacke, schleift sie über den Boden in Richtung Wachstuchtischdecke. Schon ist mein kleiner krummbeiniger Freund fast komplett darunter verschwunden, wie unter einer Zeltplane, nur noch die Schnauze guckt heraus. Flocke will die Jacke ebenfalls ins Versteck zerren. Doch sie rührt sich kaum noch vom Fleck, als wäre sie plötzlich schwerer geworden. Was ist passiert? Ich kann es von hier oben nicht erkennen, da ein Teil der Tischplatte mir die Sicht nimmt. Auf einmal gibt es ein fürchterliches Gepolter. Der Stuhl fällt um und schlägt mit lautem Krachen auf den gefliesten Boden. Anscheinend hatte die Jacke sich an einem der Stuhlbeine verfangen, doch nun hat Flockes Gezerre Erfolg, und er schießt samt Jacke rückwärts unter den Schutz der Wachstuchdecke.

Keinen Moment zu früh, denn, vom Lärm aufgeschreckt, steht mit grimmigem Blick der Metzger in der Tür, das große Beil in der Hand. Ich kann gerade noch von der Bank springen und hoffen, dass er meinen Kopf durch das kleine Fenster nicht gesehen hat.

Im nächsten Augenblick wird auch die Tür zum Hof aufgerissen. Geistesgegenwärtig ducke ich mich unter die Bank. Da steht Rolf Krumm, breitbeinig, immer noch das Beil in der Hand und schaut wütend in die Runde.

Flocke, der Held, sieht jetzt seine Chance gekommen. Die Jacke fest mit den Zähnen gepackt, huscht er zwischen den schweren Stiefeln des Metzgers hindurch. Sofort bin ich bei ihm, nehme ihm die Jacke ab und flitze damit in Richtung Torbogen.

Flocke will hinter mir herrennen, aber seine kurzen Beine lassen ihn nur tippeln. Der Abstand zwischen uns wird mit jedem Schritt größer, dafür nähert sich Rolf Krumm meinem Freund bedrohlich. Also bremse ich ab, schieße noch an der Haustür vorbei und komme zum Stehen.
Ich kann Flocke doch nicht mit diesem Tiermörder allein lassen! Gerade lasse ich die Jacke fallen und will mich todesmutig auf den Metzger stürzen, da wird die Haustür aufgerissen.

Eine junge Frau schreit entsetzt auf:
„Was ist denn hier los?", als sie den Metzger mit dem Beil erblickt, der Flocke gerade am Schwanz packen will. Irritiert hält er inne, die Hand mit dem Beil sinkt langsam herab. Die junge Frau bückt sich, reißt Flocke in ihre Arme und baut sich dann vor dem Metzger auf. Sie muss den Kopf in den Nacken legen, da sie deutlich kleiner ist als er, und blickt mit wütend funkelnden Augen direkt in Rolf Krumms Gesicht.
„Sind Sie denn total bescheuert? Lassen Sie den armen Hund in Ruhe!"
Dann macht sie auf dem Absatz kehrt, lässt den Metzger wie einen kleinen Jungen einfach stehen, verschwindet mit Flocke auf dem Arm im Haus und knallt die Tür hinter sich zu. Rums!

Da ich nun Flocke vorerst in Sicherheit weiß, kann ich unseren Plan weiter verfolgen. Schnapp, ist die Jacke wieder in meinem Maul, und ehe der Metzger aus seiner Starre wiedererwacht ist, bin ich mit dem Beweisstück auf die Straße hinaus und um die Ecke verschwunden.

Nun muss ich schnellstens Jule und die anderen finden. Ich renne zurück zu Karolines Haus. Dort steht zwar das blaue Auto, aber keine der vier Frauen ist zu sehen. Was nun? Während ich noch überlege, öffnet sich die Tür der kleinen Galerie.

„Rika!", tönt es, und ich höre Erleichterung aus der Stimme. Freudig flitze ich in den Sicherheit verheißenden Laden, lasse ich die Jacke fallen, mache Sitz und erwarte schwanzwedelnd Karoline, die langsam näher getippelt kommt.

„Wo bist du denn gewesen? Wo ist Flocke? Und was ist das da?" Die alte Dame ist ganz aufgeregt, läuft um mich herum, krault mich und schaut dabei auf die Straße hinaus.

„Huhu!", ruft sie und wedelt mit den Armen. „Huhu, Rika ist hiiiier!"

Ich folge Karolines Blick und sehe Jule und Mara um die Ecke kommen. Jule rennt, als sie mich sieht, dabei sieht sie sehr glücklich aus. Mara kommt nur zögerlich näher. Im Hintergrund sehe ich den Metzger Krumm über die Straße rennen und um die Ecke verschwinden. Zu seinem Pech läuft er in die falsche Richtung, fort von der Turmstraße. Gut so!

„Wo ist Flocke?", fragt Mara leise mit trauriger Stimme, während ich Jule überschwänglich begrüße.

Jule tritt einen Schritt zurück und sieht mich tadelnd an. „Rika!" Jetzt schaut sie gar nicht mehr glücklich drein, sondern hat ganz traurige Augen. „Du solltest doch nicht mehr weglaufen! Und wo ist Flocke?" Wie soll ich das nur erklären? Er ist in Sicherheit, jetzt geht es um Wichtigeres. Die Jacke! Das Beweisstück zwischen den Zähnen laufe ich zu Maras Auto. Die Polizei wird sehen, dass es sich um die Jacke des Mörders handelt, jawohl!

„Was hat sie nur mit dieser Jacke?" Karoline folgt mir mit kleinen Schritten.

„Es sieht aus, als wenn sie uns irgendetwas sagen will. So kenne ich Rika sonst gar nicht." Jule kommt nun ebenfalls näher.

„Kind, das ist ja hier wie bei Lassie." Carla ist inzwischen unbemerkt aus der anderen Richtung gekommen und hat die letzten Worte mitgehört.

Die vier Frauen beratschlagen kurz, wie sie weiter vorgehen wollen. Mara wird hierbleiben und nach Flocke suchen, während die drei anderen mit mir, wie geplant, zum Hauptkommissar fahren. Mara tut mir leid, wie sie sich allein zu Fuß auf den Weg macht. Zu gern würde ich ihr sagen, wo sie Flocke finden kann.

Auf dem Parkplatz der Polizei angekommen, bestehe ich laut bellend darauf, dass die Jacke und ich mitkommen zum Hauptkommissar. Jule schüttelt zwar den Kopf, als ob sie nicht versteht, wozu das gut sein soll, aber irgendetwas scheint sie zu bewegen, mir zu glauben. Sie steckt die Jacke in eine Plastiktüte, nimmt mich fest an die Leine und schaut mich ernst an. „Rikarda!"

Oh je, wenn Jule mich mit vollem Namen anredet, ist es sehr, sehr ernst.

„Versprich mir, dass du nicht noch einmal wegläufst!"

Das hatten wir heute schon einmal. Doch natürlich würde ich Jule jetzt alles versprechen. Statt wie am frühen Morgen zum Einverständnis zu bellen, setzte ich mich ganz aufrecht hin und schaue ihr tief in die Augen. Wenn sie jetzt auch in meine Augen blickt ... Oh, sie tut es! Mein kleines Hundeherz hüpft vor Glück, wenn Jule mir so tief in die Augen guckt! Dann ist alles gut.

Es sieht ziemlich wichtig aus, wie wir so in Richtung Polizeigebäude marschieren. Vorneweg Carla im knallroten engen Kostüm. Hinter ihr Karoline, die große Eulentasche eng an sich gepresst. Dann kommt Jule, die in einer Hand die Tüte mit der Jacke trägt, quer vor dem Bauch hängt ihre Umhängetasche und in der anderen Hand führt sie mich an der kurzen Leine.

Patullek ist überrascht, uns zu sehen. „Ich hoffe, Sie haben einen wichtigen Grund für diesen Überfall." Grummelnd begrüßt er uns auf seine für ihn typische Art. „Nehmen Sie Platz und machen Sie's kurz. Ich hab zu tun."

Da die Tür zum Nebenzimmer einen Spalt offen steht, kann ich den kleinen netten Kriminalobermeister Weißmüller dort am Schreibtisch arbeiten sehen. Bei Patulleks Worten rollt er mit den Augen, bleibt aber im Nebenraum sitzen.

Karoline beginnt die Sache mit dem Erbe und dem Verdacht gegen ihren Neffen, Rolf Krumm, zu schildern. Jule zieht das Testament mitsamt der Klarsichthülle aus ihrer Handtasche und berichtet, wo sie es gefunden hat. Carla sitzt die ganze Zeit nur da, schaut von einem zum anderen und hält tatsächlich einmal den Mund.
Ich liege brav unter dem Tisch, bis zu dem Moment, als Jule die Tüte mit der Jacke auf den Tisch legt.
„Herr Hauptkommissar, verstehen Sie mich bitte nicht falsch, aber ich glaube, Rika möchte, dass Sie das hier bekommen."
Zur Bekräftigung lasse ich das freundlichste Wuff hören, zu dem ich in der Lage bin.
„Sagen Sie das noch mal."
„Ähm, ich glaube ..."

„Stop. Ich hab Sie schon verstanden. Bis auf die Sache mit dem Hund und seinen speziellen Wünschen werden wir Ihre Informationen selbstverständlich überprüfen."

Ich beginne zu bellen. So einfach lasse ich mich nicht abschütteln. Soll denn die ganze Mühe, die Flocke und ich hatten, umsonst gewesen sein?

„Rika aus!" Jetzt ist auch noch Jule sauer, weil ich belle.

Die Tür zum Nebenraum wird nun ganz geöffnet, und, angelockt von dem Lärm, kommt Kriminalobermeister Weißmüller herein.

„Darf ich mal?" Interessiert beugt er sich über die Jacke. „Hm, das müsste natürlich das Labor untersuchen, aber es könnte sein. Es könnte sein!"

„Weißmüller!", fährt Patullek ihn an. „Was könnte sein?"

„Nun, diese Art von Pelzkragen. Die werden in China aus Hundefell gefertigt. Das könnte eventuell die Schäferhundhaare am Tatort erklären. Ich bring das gleich mal ins Labor."

Und schon ist Weißmüller mit der Jacke verschwunden, bevor sein Chef auch nur ein Wort des Widerspruchs äußert, oder ich ihm, vor Freude darüber, dass er mich verstanden hat, einen feuchten Hundekuss geben kann.

Jule und Karoline müssen noch ein Protokoll unterschreiben, und dann scheint Patullek sehr froh zu sein, dass wir wieder gehen. An der Tür stoßen wir mit Weißmüller zusammen, der ein breites Grinsen nicht unterdrücken kann und mir anerkennend den Kopf streichelt.

„Hat sich irgendjemand von Ihnen die Jacke schon genauer angesehen?", fragt er, sowohl an uns als auch an seinen Chef gewandt. Alle schütteln den Kopf und sehen ihn so gespannt an, wie Welpen in der Hundeschule, wenn die Hundekuchen verteilt werden.

„Da steckte eine Brieftasche drin – mitsamt Ausweis, Führerschein usw. Ausgestellt auf den Namen Rolf Krumm."

Auf dem Weg durch den langen Flur nach draußen lobt Carla mich, und ich blicke dankbar zu ihr auf. „Das mit der Jacke hast du wirklich prima gemacht."

„Ja, Rika, ich bin auch ganz stolz auf dich!" Jule schaut so, als ob ihr trotzdem etwas auf der Seele läge. „Jetzt musst du uns nur noch sagen, wo Flocke ist", seufzt sie.

Im nächsten Moment summt ihre Handtasche. Das passiert immer, wenn sie ihr Handy stumm schaltet, weil sie nicht gestört werden möchte. Dann vibriert es und gibt diesen leisen Summton von sich, den Jule meistens nicht hört.

Also belle ich. Jule schaut mich kurz an und versteht, denn sofort greift sie in ihre Handtasche und hält sich das Handy ans Ohr.

„Oh, Mara, das ist ja wunderbar! Ja, natürlich kommen wir dort hin und holen euch ab!"

Euch? Hat Jule euch gesagt? Also muss noch jemand bei Mara sein, und ich hoffe sehr, dass es Flocke ist.

„Stellt euch vor, Mara hat Flocke gefunden!", verkündet eine strahlende Jule in der nächsten Sekunde.

Uns allen fällt ein Stein vom Herzen. Carla plappert wieder aufgeregt und ist ganz die Alte. Karoline lächelt still vor sich hin, wie ältere Menschen das manchmal tun, wenn ihnen bewusst wird, dass sie in ihrem Leben schon mehr gesehen haben, als all die Menschen um sie herum. Jule sitzt pfeifend am Steuer, und ich hocke hinten im Auto und beobachte die Leute, die auf den Straßen laufen.

Wieder sehe ich nur wenige fröhliche Gesichter, obwohl die Sonne scheint, was den Menschen doch angeblich für ihr Wohlbefinden so wichtig ist. Trotzdem sind die Missmutigen in der Überzahl, und ich frage mich, welche Probleme sie mit sich herumtragen? Ob ihnen auch der Hund fortgelaufen ist – oder nur eine Laus über die Leber?

Nachdem wir Karoline vor ihrer Galerie abgesetzt haben, geht die Fahrt weiter, bis wir schließlich am Stadtpark vorbei auf das Tierheim zufahren. Ja, heute Morgen noch hat Jule mich von hier abgeholt, und nun wartet Flocke dort. Doch er wartet nicht allein. Vorne im Büro sitzen in vertrautem Gespräch Paula und Mara. Zu ihren Füßen dösen Flocke und Nino. Mein kleines Hundeherz wird ganz groß, als ich meine beiden alten Freunde so einträchtig nebeneinanderliegen sehe. Es folgt reihum eine freudige Begrüßung, ein gegenseitiges Umarmen, Hundeküsschen werden verteilt, überall sind kraulende Hände. Ach, Begrüßungen sind so schön, egal, wie kurz oder lang man sich nicht gesehen hat!

Mara berichtet, wie sie Flocke wiedergefunden hat. „Ich bin die Straßen in der Nähe der Galerie hoch- und runtergelaufen und habe alle Leute gefragt, ob sie einen kleinen braunen Dackel gesehen hätten. Als ich schon fast verzweifelt aufgeben wollte, kam mir eine junge Frau auf dem Fahrrad entgegen. Vorn am Lenker hatte sie so ein Einkaufskörbchen mit einem kleinen Kissen darin. Ich dachte mir, dass sie auch einen Hund haben könnte, und sprach sie an. Ja, und dann erzählte sie mir, dass sie gerade einen Dackel ins Tierheim gebracht hätte, den sie im letzten Moment dem Metzger unter dem Beil wegschnappen konnte!"

Mit *Oh!* und *Mein Gott!* bringen Carla und Jule ihr Entsetzen zum Ausdruck.

„Ja, die junge Frau verreist heute Abend, darum war sie etwas im Stress. Sonst hätte sie sich selbst auf die Suche nach dem Besitzer des Dackels gemacht."

„Ach, Kinder, dann ist ja alles noch mal gut gegangen." Carla schaut in die Runde. „Oder?" Ihr Blick bleibt bei Mara und Paula hängen.

Mag sein, dass meine Hundeaugen mich täuschen, aber haben die beiden sich nicht gerade zugezwinkert? Irgendetwas führen sie im Schilde, das spüre ich und gebe ein leises Bellen von mir.

Mein Gebell hat Flocke und Nino geweckt, sodass ich einen Moment abgelenkt bin und nicht auf das Getuschel und Gekicher der Frauen oben am Tisch achte. Dafür erfahre ich von den beiden Hunden umgehend das Gleiche, worum sich anscheinend auch das Gespräch der Menschen dreht:

Flocke war nur ungefähr eine Stunde im Tierheim, dann tauchte Mara bereits hier auf. Flocke musste nicht, wie ich, traurig und allein in einer Zelle hocken, sondern durfte, genau wie jetzt, mit Nino unter Paulas Schreibtisch liegen.

Als Mara die beiden alten Hunde so einträchtig dort liegen sah, taten sie ihr wohl leid. Flocke wird immer älter und muss deswegen oft ganz allein im Haus bleiben. So könnte er doch stattdessen mit Nino gemeinsam in den Tag hineindösen. Und der blinde Nino hätte auf seine alten Tage noch ein schönes Zuhause.

„Ich gebe ihn nur ungern her." Paula zwinkert schon wieder. „Er wird mir fehlen, unter meinem Schreibtisch."

Oh, ich freue mich so sehr für meinen alten Freund! Nun kann ich ihn zwar nicht mehr im Tierheim besuchen, aber dafür werde ich ihn jedes Mal sehen, wenn wir zu Mara aufs Land fahren.

Nino flüstert mir zu, dass er Harry schon längst als seinen Nachfolger beauftragt hatte. Der Beagle wird mir künftig alle Neuigkeiten aus dem Tierheim übermitteln, wenn ich an den Zaun gelaufen komme. Ich kann mir vorstellen, dass der übereifrige Kerl diese Aufgabe sehr gewissenhaft ausführen wird.

Jule berichtet Paula gerade von unserem Besuch bei der Polizei und dass ich die Jacke des Metzgers angeschleppt hätte.

„Und Flocke muss auch dabei gewesen sein", resümiert Mara, „denn der Metzger war mit dem Beil hinter dem armen alten Herrn her."

„Ja, das hat die junge Dame erzählt, die Flocke hier abgegeben hat. Schlimm, dass Menschen so sein können. Hoffentlich wird er bald verhaftet und weggesperrt!"

Später bei uns zu Hause wird Nino von den Katzenkindern freudig begrüßt, die sich noch an ihn erinnern können. Doch für meinen alten Freund ist das einfach zu viel der Aufregung. Kaum haben alle seine vier Pfoten den Teppich berührt, legt er sich lang hin und schläft auf der Stelle ein.

Kapitel 19 Aufbruch

Am Nachmittag macht sich allgemeine Aufbruchstimmung breit.
Mara zieht es zurück zu ihren Steinblöcken. „Ich muss mal wieder
Hammer und Meißel in die Hand nehmen und draufschlagen", lacht
sie, als sie sich verabschiedet.

Nino und Flocke trotten gemeinsam zum Auto, und Mara hebt die
beiden hinein. Winkend und fröhlich hupend fährt sie davon.

Auch Carla beginnt, ihre Koffer zu packen, läuft kreuz und quer
durchs Haus und sammelt ein, was sie erst vor Kurzem überall hat
liegen lassen. Die Magenpillen, die sie täglich nehmen musste und
den Gelassenheitstee, den sie nie trank, vom Küchentresen. Fünf Paar
Schuhe aus dem Flur. Fünf Paar? Hat sie nicht immer nur diese roten
Dinger angehabt? Aus dem Bad kommt sie mit einer Riesentasche,
die gefüllt ist mit den verschiedensten bunten Duftfläschchen und
Cremedöschen.

Ja, die Menschen, insbesondere die Frauen, haben ganz schön zu tun
mit ihrer Haut. Ständig meinen sie, irgendetwas draufschmieren zu
müssen, das sie hübscher oder wohlriechender machen soll. Wir
Hunde sind dagegen völlig unkompliziert. Ab und zu mal mit der
Zunge drüberlecken, das reicht im Allgemeinen. Für besondere
Anlässe, also wenn wir einen Rüden beeindrucken oder vor einer
anderen Hündin angeben wollen, darf es auch bei uns ein besonderer
Duft sein. Schaf Nummer Fünf zum Beispiel. Ja, der Geruch gefällt
mir sehr gut und ist bei Mara auf der Weide zu finden. Ich genieße es,
meinen Rücken in den braunen Bollen zu wälzen! Leider hat Jule ein

186

völlig anderes Empfinden, was Wohlgerüche angeht. Sie ist jedes Mal erbost und duscht mich mit so komischem Hundeshampoo ab. Schade, das riecht so stark nach Menschenparfüm, dass von meinem Lieblingsduft leider nichts mehr übrig bleibt.

„Oh je, Mama, so was liest du?" Mit einem Taschenbuch in der Hand kommt Jule aus dem Gästeklo und schaut ihre Mutter fragend an. „Dragos Blutspuren –, du hast vergessen, es einzupacken."

„Kind, nur weil du Gutenachtgeschichten für Kinder verfasst, heißt das ja nicht, dass deine Mutter nichts anderes lesen darf. Schreib doch mal einen Krimi, den les ich dann bestimmt!"

„Hm ..." Jule kaut nachdenklich an ihrer Unterlippe. „Sollte ich vielleicht wirklich tun. Genug erlebt haben wir ja gerade."

„Kind, versprich mir, dass du mich bald mal wieder in Berlin besuchen kommst!" Diese Aufforderung scheint Carla sehr ernst zu sein, denn sie hält Jules Hand und schaut ihrer Tochter fest in die Augen.

„Aber nur, wenn ich bei einer deiner Vorlesungen Mäuschen spielen darf", antwortet Jule und lächelt.

„Aber gern doch!" Carla lacht erleichtert auf. „Wenn das deine einzige Bedingung ist. Du kannst sogar Rika mitbringen, an unserer Fakultät sind Kinder und Hunde immer willkommen."

Ich weiß zwar nicht, was eine Fakultät ist, aber Hunde willkommen klingt sehr gut. Als Zeichen, dass ich Carlas Vorschlag für eine gute Idee halte, belle ich einmal kurz und wedele heftig mit dem Schwanz.

Carla hasst lange Abschiedsszenen. Darum ruft sie sich ein Taxi und besteht darauf, allein zum Bahnhof zu fahren. Natürlich nicht, ohne vorher noch eine Handvoll mit Kind ... beginnende Ermahnungen bei Jule angebracht zu haben. Dafür hat Carla etwas ganz Besonderes im Gepäck, als sie abreist, besser gesagt jemanden: Jules Mutter hat sich während ihres Aufenthalts bei uns in Goldy verliebt, sodass dieses kleine Kätzchen nun mit ihr auf Reisen gehen darf. Das Kleine wird es gut bei ihr haben, da bin ich mir sicher. Und mir bleiben ja immer noch die anderen beiden Katzengeschwister, die momentan draußen im Garten in der Sonne liegen.

Nun sind Jule und ich wieder allein mit Willy und Frieda. Wir alle genießen die Ruhe. Die Katzenkinder schlafen in meinem Körbchen, Jule hatte es sich gerade mit einem Buch auf dem Sofa gemütlich gemacht, ich liege zu ihren Füßen, ebenfalls auf dem Sofa. Allerdings hält dieser Zustand nicht lange an, denn kaum ist Clara eine halbe Stunde fort, klingelt es an der Haustür. Mit der Ruhe ist es nun vorbei, denn Franco steht vor der Tür! Er hat die Polizeiuniform gegen Jeans und T-Shirt getauscht und strahlt Jule unternehmungslustig an.
„Na, ihr zwei Hübschen, habt ihr Lust auf einen Waldspaziergang?"
Jule nickt begeistert. So verliebt, wie sie Franco anschaut, wäre die Begeisterung wohl genauso groß gewesen, wenn er sie zum Hausputz eingeladen hätte – Hauptsache, gemeinsam etwas unternehmen.

Ich persönlich ziehe natürlich den Waldspaziergang vor und springe aufgeregt durchs Haus. Geht es endlich los? Hallo Jule, du musst deine Haare nicht kämmen, du siehst wirklich hübsch aus. Können wir dann?

Endlich sitzen wir in Francos Auto. „Ich wusste gar nicht, dass du einen Alfa Giulietta fährst." Es fällt Jule schwer, ihre Begeisterung für dieses Auto zu verbergen. Aus Gesprächen mit Mara weiß ich, dass es Jules Traumauto ist. Mir ist das egal. Hauptsache, ich darf mitfahren und hinten aus dem Heckfenster schauen.
„Das Auto ist Italiener, wie ich." Franco lächelt.

Dann wird er wieder ernst. „Wir haben übrigens heute Nachmittag Rolf Krumm verhaftet. Dank Rikas Einsatz konnten wir ihm nachweisen, dass die Haare auf der Leiche von seiner Jacke stammen."

„Und? Hat er gestanden?"

„Nein, er streitet ab, Liane ermordet zu haben."

„Das werdet ihr ihm doch hoffentlich nicht glauben! Dieser Metzger ist gemeingefährlich! Er ging heute mit dem Beil auf den armen Flocke los." Jule zählt auf: „Die Haare auf Lianes Leiche, das Testament, reicht das nicht als Beweis?"

Franco schüttelt den Kopf. „Das sind nur Indizien. Selbst, dass wir seine Fingerabdrücke in Lianes Wohnung gefunden haben, beweist nicht, dass der Metzger der Mörder ist. Doch Patullek ist sicher, dass Krumm gestehen wird."

„Und du? Was glaubst du?"

„Tja, das ist es ja. Er streitet gar nicht ab, bei Liane gewesen zu sein. Angeblich hat er das Testament gesucht. Sogar den späteren Einbruch im Tierheim hat er zugegeben. Liane hat ihn in ihrer Wohnung überrascht, es kam zum Handgemenge, als Krumm sich an ihr vorbeidrängen wollte. Liane hat sich ihm in den Weg gestellt, da bekam er Panik und hat sie gewürgt. Als sie bewusstlos zu Boden sank, wurde ihm klar, dass er zu weit gegangen war, und er flüchtete. Jedoch behauptet er steif und fest, dass Liane noch lebte, als er ging. Und außerdem sagt der Gerichtsmediziner ..."

Franco räuspert sich mehrfach, als wolle er sich selbst daran hindern, noch etwas hinzufügen. Dann schüttelt er den Kopf und sagt nur: „Eigentlich hätte ich dir das gar nicht erzählen dürfen. Vergiss es am besten wieder."

„Ach was, ich glaub ihm kein Wort! Der will sich doch nur rausreden und gibt gerade soviel zu, wie ihr ihm auch nachweisen könnt."

Jule ist nun ehrlich empört. Franco lächelt und streicht beruhigend über Jules Hand. Das hilft tatsächlich, denn sie lächelt nun auch, schluckt einmal kurz, als wolle sie ihren Ärger hinunterschlucken und sagt: „Ok, davon lassen wir uns nicht den schönen Abend verderben. Du wirst das schon aufklären."

Wir tauchen in den Schatten des Waldes ein. Die Fenster sind einen Spalt breit geöffnet und der Wind strömt herein. Oh, was es hier alles zu schnüffeln gibt! Es riecht nach Bäumen, Holz, frischem und altem Laub, Fuchs, Hase, Reh und Waschbär ...

Bevor ich in Gedanken all diese herrlichen Düfte der Natur durchgehen kann, bringt Franco den Alfa zum Stehen, springt heraus und läuft hinten ums Auto herum, wobei er mit einer Hand die Kofferraumklappe öffnet, sodass ich hinausspringen kann. Eine Sekunde später hält er den Griff der Beifahrertür in der Hand und bittet Jule, auszusteigen.

Als sie vor ihm steht, tritt er nicht etwa einen Schritt zurück, wie Menschen das sonst machen, wenn sie anderen aus dem Auto helfen. Nein, Franco bleibt einfach ganz dicht vor Jule stehen, sieht ihr in die Augen, ergreift ihre rechte Hand und führt sie sanft an seine Lippen! Ein Handkuss, ach, du meine Güte! Ich muss lange in meinem Hundehirn kramen, bis mir einfällt, wo ich diese zärtliche Geste das letzte Mal gesehen habe. Es war irgendein alter Film im Fernsehen, eine von den Schnulzen, wie Jule sie nennt, bei denen ich neben ihr auf der Couch liegen und mitgucken darf.

Jule hat mein Lieblingsspielzeug mitgenommen, den gelben Ball mit der langen Schnur. Franco wirft ihn weit zwischen die Bäume, und ich renne los, mit wehenden Ohren und wedelndem Schwanz. Ist das abenteuerlich! Fast so aufregend, wie Mörder zu jagen, ist es, im Unterholz meinen Ball zu suchen. Wie mir scheint, wirft Franco immer extra weit, um mit Jule ungestört zu sein. Sie laufen nebeneinander her, tuscheln und kichern, strahlen sich an und sehen sehr glücklich aus. Einmal muss ich besonders lange nach meinem Ball suchen, weil Franco ihn über einen kleinen Bach hinüber mitten in eine Lichtung voller Farnkraut geworfen hat. Ich schnüffele und suche und kämpfe mich durch das Grünzeug, das höher gewachsen ist, als ich groß bin. Als ich endlich stolz und glücklich zu den beiden zurückkehre, haben sie leuchtend rote Wangen und sehen irgendwie verändert aus. Ich glaube, ihren ersten Kuss habe ich gerade verpasst.

So ein Waldspaziergang macht hungrig, darum finden wir uns wenig später im „La Statione" ein, wo Maria uns hocherfreut begrüßt. Für mich gibt es heute zum Wassernapf sogar ein Schälchen Pasta. „Extra ohne Salz gekocht", wie Maria betont. Ich fühle mich fast wie im Hundehimmel nach diesem aufregenden Tag.

Zu Hause verziehe ich mich sofort in mein Hundekörbchen, das erstaunlicherweise katzenfrei ist, weil die Kleinen im Gästezimmer auf Carlas Bett schlafen. Sie vermissen Jules Mutter doch nicht etwa? Ganz entfernt bekomme ich noch mit, wie Jule und Franco auf dem Sofa weiterreden und irgendwann die Katzenkinder doch wieder zu mir ins Körbchen kriechen. Was gibt es Schöneres, als nach einem aufregenden Tag glücklich einzuschlafen?

Kapitel 20 Nebel

Am nächsten Morgen sieht die Welt aus, wie in Watte gepackt. Das Ende des Sommers kündigt sich nun überdeutlich an, indem Nebel in langen Schwaden vom See her in die Stadt zieht. Die Sonne dringt gar nicht mehr richtig durch. Bei unserem Morgenspaziergang im Park spielen wir Verstecken. Schnüffelnasen können auch im Nebel alle Spuren finden, und so hat Jule keine Chance, ich finde sie immer, egal, wie gut sie sich zu verstecken glaubt. Wenn ich sie auch hinter dem dicken Baumstamm nicht sehe, so kann ich sie doch riechen.

Kaum sind wir wieder im Haus, setzt Jule sich mit ihrer Kaffeetasse an ihren Schreibtisch. Sie meint wohl, sie hätte nach der Aufregung der letzten Tage eine Menge nachzuholen und vertieft sich in ihr Kinderbuch, während ich für die Katzenkinder das Klettergerüst spiele. So vergeht der Vormittag, bis ich irgendwann bemerke, dass Jule unruhig wird. Sie rutscht auf ihrem Stuhl hin und her, starrt gebannt auf den Bildschirm ihres Notebooks, springt plötzlich auf, holt sich noch einen Kaffee und starrt wieder in ihren Computer.

Das Telefon klingelt und Jule zuckt erschreckt zusammen. Leider verstehe ich nur Jules Worte, und nicht, was Mara am anderen Ende der Leitung antwortet.
„Ach, Mara, hast du mich erschreckt."
...

„Ja, ich wollte dich auch gerade anrufen. Ich bin da über was gestolpert."
...

„Super. Das passt. Dann bis gleich!"

Bis gleich? Heißt das etwa, dass wir zu Mara fahren? Ganz aus dem Häuschen vor Freude springe ich an Jule hoch und vergesse dabei die Katzenkinder, die maunzend von mir herunterpurzeln, aber auf dem weichen Teppich sanft landen. Doch Jule macht keine Anstalten, sich auf den Weg zum Bahnhof zu begeben. Schade. Dann muss ich mich eben wieder meinem quietschenden Gummihuhn widmen und darauf herumkauen, bis Jule genervt Rika, aus! ruft und mein neues Spielzeug oben auf den Küchenschrank legt. Schade, nun kann ich das Quietschehuhn nur noch anschauen und ihm sehnsüchtige Blicke zuwerfen.

Als es eine ganze Zeit später an der Tür klingelt, verstehe ich. Nicht wir fahren zu Mara, sondern sie kommt zu uns! Da steht sie nämlich schon mit Nino und Flocke vor der Tür. Es folgt eine stürmische Begrüßung, als ob wir uns ewig nicht gesehen hätten. Ich bin sehr froh, die beiden alten Hunde so ausgelassen zu sehen. Mara lacht über das Getümmel und tobt mit mir besonders wild und fröhlich herum. Als endlich alle Tiere auf dem Teppich liegen, lässt sie sich lachend und keuchend auf das Sofa fallen. Doch Jule gönnt ihr keine Ruhepause, zieht ihre Freundin an der Hand wieder hoch und hinüber zu ihrem Schreibtisch.

„Da, sieh selbst", deutet sie auf den Bildschirm. „Hab die Memorysticks verwechselt und bin noch mal in Lianes Mails gelandet. Diese beiden hatten wir vorher nicht gelesen, oder?"

„Das wäre ja ein Tag nach dem Mord gewesen", stellt Mara fest. „Hm, passt irgendwie gar nicht."

„Ich wollte sowieso noch mit den Hunden laufen. Wie wär's, wenn wir dabei Karoline einen Besuch abstatten?"

Jule nickt. „Einverstanden."

Die Stadt im Nebel wirkt seltsam unwirklich – vertraut und doch fremd. Straßen scheinen aus dem Nichts zu kommen und ins Nirgendwo zu führen. Die Dächer der Häuser verschwinden im grauen Gewaber. Gerüche steigen mir intensiver als sonst in die Nase, so als wollten sie ausgleichen, was der Nebel dem Auge verbirgt. Mara führt Flocke und Nino an der Leine, beide bestimmen das Tempo, sodass es ein gemütlicher Spaziergang wird. Niemand würde vermuten, dass Nino blind ist, so sicher trottet er neben Flocke her. Meine Gedanken schlingern im Kopf hin und her. Ohne groß auf die Umgebung zu achten, laufe ich so neben Jule her und bin ganz erstaunt, als mir wieder dieser Leberwurstduft in die Nase steigt.

Tatsächlich gehen wir gerade an der Metzgerei vorbei, die als einziges Geschäft der Straße um diese Zeit geschlossen ist. Was mag nur mit den ganzen schönen Leberwürsten, mit dem Schinken und den Wienerle passieren, während der Metzger bei der Polizei in der Zelle sitzt? Ich wäre ja sofort bereit, sie zu retten, die armen Würstchen. Doch leider fragt mich niemand.

Karoline scheint über unseren Besuch sehr erfreut zu sein.
„Kommt herein, kommt herein! Setzt euch doch. Ach, gleich drei so liebe Hundis in meiner Galerie. So lieber Besuch." Dabei schüttelt sie immer wieder den Kopf, sodass die kleinen Löckchen wackeln.
Warum ist sie so nervös?

Geschäftig wuselt sie zwischen der Galerie und der kleinen Küche hin und her, kocht Pfefferminztee, bringt Wassernäpfe und Leckerlis für uns Hunde, stellt ihre selbst gebackenen Kekse und die Tassen mit den Pfauen auf den Tisch. Sie sieht heute besonders klein und zerbrechlich aus, als sei sie über Nacht geschrumpft. In ihrem grauen Wollkostüm wirkt sie verloren. Man könnte meinen, es sei es ihr eine

Nummer zu groß. Die aufgestickten Dackel sollten mich eigentlich erheitern, denn erstens erinnern sie mich an Flocke, meinen krummbeinigen, heldenhaften Freund, und zweitens haben nach all den anderen Tieren nun endlich einmal Hunde die Ehre, Karolines Kleidung zu zieren.

„Bleibt ihr nur sitzen", drückt die alte Dame Jule, die helfen will, auf das Sofa zurück.

Später, beim Tee, als Karoline endlich mit am Tisch sitzt, kommt das Gespräch unweigerlich auf die Verhaftung ihres Neffen.

„Ach, ich bin so froh, dass alles vorbei ist."

Karolines Mund lächelt, ihre Augen allerdings nicht. Dabei schaut sie die beiden Freundinnen an, als erwarte sie deren Zustimmung. Die kommt aber nicht.

Stattdessen räuspert Jule sich kurz und fragt dann gerade heraus: „Karoline, hast du gewusst, dass Liane einen Tag, nachdem sie ermordet wurde, eigentlich nach Ägypten fliegen wollte?"

„Was? Ähm, nein, natürlich nicht. Wie kommst du denn darauf?"

Fast ängstlich wandert der Blick der alten Dame zwischen Mara und Jule hin und her. Ihr glaubt mir doch?, betteln ihre Augen. Doch sie lügt, das spüre ich, und Jule scheint das auch zu wissen.

„Karoline." Jule spricht mit der gleichen sanften Stimme, mit der sie mir manchmal erklärt, dass ich etwas falsch gemacht habe. „Wir haben in Lianes E-Mails das Flugticket gefunden. Sie wollte nach Luxor fliegen."

Karoline schüttelt den Kopf wie ein störrisches Kind. „Nein, nein, das glaube ich nicht!"

„Und dann war da noch eine zweite E-Mail", ergänzt Mara, „von einem Immobilienbüro in Luxor, das sich für die Anzahlung bedankt. Liane hat dort ein Häuschen gemietet, für ein ganzes Jahr."

„Karoline, das musst du doch gewusst haben!" Jule schaut der alten Dame eindringlich in die Augen. Die hält ihrem Blick nicht stand und sieht hinab auf ihre Hände, die sie schon die ganze Zeit nervös in ihrem Schoß knetet.

Ganz leise beginnt sie zu sprechen, immer noch mit auf die Hände gesenktem Blick. „Wie eine Tochter habe ich sie behandelt. Fast umsonst hat sie hier gewohnt, nach meinem Tod hätte dieses Haus ihr ganz allein gehört. Dafür sollte Liane sich doch nur um die Katzen kümmern und um mich, wenn ich sie brauchte." Karoline schluchzt, aber es ist ein trotziges Schluchzen. „War das denn zu viel verlangt?"

Niemand antwortet ihr, Mara und Jule warten einfach nur gebannt auf den Fortgang der Erzählung.

„Und dann wollte sie plötzlich weg. Nur noch ihr eigenes Leben leben. Ausgerechnet in Ägypten, ihrem angeblichen Traumland, Bilder malen, die die Sonne Afrikas einfangen. Und mich und die Tiere allein zurücklassen."

Mit dem Taschentuch tupft Karoline eine nicht vorhandene Träne ab, bevor sie fortfährt. „Als Liane die Wohnung kündigen wollte, habe ich ihr nicht geglaubt. Am Sonntagmorgen habe ich dann von hier aus beobachtet, wie Liane einem mir fremden Mann Papiere und Schlüssel zu ihrem Auto übergab. Da wusste, ich, dass sie es ernst meint. Ich saß gerade hier in der geschlossenen Galerie mit Herrn Willmann beim Tee, sodass ich mir vornahm, erst am Abend zu Liane hinaufgehen und sie noch einmal zur Rede zu stellen. Später am Tag beschäftigte ich mich dann oben in der Wohnung, streichelte meine Katzen und überlegte, wie ich Liane überzeugen könnte, doch hier zu bleiben. Irgendwann fasste ich mir ein Herz. Gerade als ich mich anschickte, meine Wohnung zu verlassen, kam mein Neffe wie ein Irrer die Treppe heruntergerannt. Ich konnte im letzten Moment einen Schritt rückwärts machen und mich in meine geöffnete Wohnungstür zurückziehen, da stürmte Rolf auch schon an mir vorbei. Natürlich dachte ich mir sofort, dass er bei Liane gewesen war und lief, so schnell ich konnte, hinauf zu ihr.

Sie lag am Boden und wirkte leicht benommen. Als sie mich sah, lachte sie nur mit ihrer tiefen, rauchigen Stimme und meinte, sie wäre froh, dass sie endlich aus dem ganzen Wahnsinn hier herauskäme, wo sich alles nur ums Geld drehe. Sie lachte und lachte, hustete zwischendurch, lachte wieder, als wollte sie nie mehr aufhören damit. Es tat mir in den Ohren weh und stach mir mitten ins Herz. Nein, ich wollte sie nicht nach Ägypten gehen lassen. Sie sollte meine liebe, treue Liane bleiben, die sich um mich und die Katzen kümmert. Vor allem aber sollte sie aufhören mit diesem dämonischen Lachen.

Meine Hände hielten plötzlich, wie von selbst, eines ihrer Sofakissen in der Hand. Einige Augenblicke später fand ich mich auf Liane sitzend wieder und presste ihr das Kissen aufs Gesicht. Wie ich dahin gekommen war, weiß ich nicht mehr. Jetzt wollte ich nur eins – dass sie mit diesem schrecklichen Lachen aufhört. Liane war noch geschwächt, wohl von dem Sturz, sodass sie sich kaum wehrte, nur ein bisschen mit Armen und Beinen zappelte. Dann wurde sie ruhig, endlich. Nachdem es ganz still war, legte ich wie in Trance das Kissen zurück aufs Sofa und ging nach unten in meine Galerie.

Als ich euch auf das Haus zukommen sah, wäre ich am liebsten in einem Mauseloch verschwunden. Konnte ich es doch selbst nicht glauben, dass ich Liane umgebracht hatte. Der heranbrausende Notarztwagen ließ mich für einen Moment wieder Hoffnung schöpfen, Liane könnte noch am Leben sein." Karoline schluchzt.
„Aber dann dachte ich, dass Liane mich von nun an hassen würde, für das, was ich getan hatte, und wünschte doch wieder, sie möge tot sein. Ich war so durcheinander."

Die alte Dame ist nun ganz ruhig. Sie erhebt sich langsam und geht mit der Teekanne in ihre kleine Küche. Jule und Mara sitzen wie betäubt auf dem Sofa, müssen das Gehörte erst einmal verarbeiten.

In mir macht sich eine tiefe Traurigkeit breit. Die nette alte Dame eine Mörderin? Rolf Krumm unschuldig, zumindest an Lianes Tod? Ich verstehe die Welt nicht mehr.

Plötzlich ertönt aus der Küche Ninos lautes Bellen. Mein alter Freund bellt sonst nie, also muss es einen besonderen Grund dafür geben. Sofort springe ich auf und eile zu ihm. Gerade noch sehe ich, wie Karoline eine Hand an den Mund führt, dann ein Wasserglas greift und aufgeregt schluckt. Nun stimme auch ich in Ninos Gebelle ein. Flocke weiß zwar nicht, was los ist, da er gerade erst unter dem Tisch aus seinem Dämmerschlaf erwacht, aber auch er ist nun bei dem Radau mit dabei.

Mara erfasst die Situation als Erste. Sie nimmt Karoline das Wasserglas aus der Hand und schüttelt sie. Was macht sie mit der alten Dame? Jetzt ist auch Jule da, hebt ein Röhrchen mit Tabletten auf und schreit Karoline ins Gesicht: „Hast du die alle genommen?"

Karoline schaut die beiden Freundinnen verwundert an. „Nein, nur eine. Wie jeden Abend seit Lianes Kündigung." Resignierend zuckt sie mit den Schultern: „Ich will mich nicht aufregen, wenn ich nachher diesem schrecklichen Hauptkommissar alles noch mal erzählen muss."

Kapitel 21 Nach(t)gedanken

Mara ruft bei der Polizei an und lässt sich mit Patullek verbinden. Auf Karolines Bitte bleiben wir bei ihr, bis der Hauptkommissar erscheint, um sie abzuholen.

Traurig schaut sie sich in der Galerie um, bevor sie geht. Ihr wird wohl gerade bewusst, dass sie dieses kleine Reich, in dem ihre Tierliebe aus allen Ecken strahlt, niemals wiedersehen wird.

In gedrückter Stimmung treten auch wir den Heimweg an. Der Nebel hat sich verzogen, die Sonne strahlt golden durch den Spätsommernachmittag. Der Nebel hätte besser zu unserer Stimmung gepasst.

Zu Hause angekommen, hocken die beiden Freundinnen auf der Couch und sehen gar nicht glücklich aus.

„Sie war so nett zu uns und zu den Tieren." Jule kann und will es nicht begreifen. „Und nun ist sie eine Mörderin."

„Ja, traurig, wie man sich täuschen kann", pflichtet Mara ihr bei.

„Mir ist richtig schlecht, ich brauch erst mal einen Schnaps." Wenn Jule das sagt, muss es ihr wirklich schlecht gehen, denn sie schüttelt sich immer, wenn sie das komische Zeug trinkt.

„Fernet, das ist eigentlich Medizin." Schon holt Jule die viertelvolle Flasche, füllt zwei kleine Gläschen mit der dunklen Flüssigkeit, und der ganze Raum wird sofort von einem Geruch durchströmt, der mich stark an den Medizinschrank beim Tierarzt erinnert.

Am Abend klingelt es an der Haustür. Die beiden Freundinnen sind inzwischen entspannter, die Medizinflasche leer. Jule tapst zur Tür und schaut überrascht. Patullek und die dicke Frau Schmitz – Irene, wie Carla sie nennen durfte – stehen vor der Tür. Der Hauptkommissar schaut tatsächlich etwas verlegen drein, doch Frau Schmitz steuert sofort das Sofa an, von dem aus Mara das Ganze beobachtet, und zieht dabei ihren Waldemar einfach hinter sich her. Der druckst herum, besinnt sich dann endlich, holt tief Luft und lässt die freundlichsten Worte hören, die wir je aus seinem Mund vernommen haben: „Also, ähm, als Hauptkommissar spreche ich Ihnen meinen Dank aus für die freundliche Hilfe bei der Aufklärung dieses Mordfalls. Ohne Sie hätten wir jetzt sicher noch kein Geständnis. Endlich passen alle Indizien zusammen. Frau Kossmehls Fingerabdrücke am Tatort schienen uns zunächst nicht verdächtig, da sie bei Frau Eichenbaum ein und aus ging und sich um die Katzen in der Wohnung kümmerte. Seltsam war, dass die Leiche zwar Würgemale aufwies, aber nachweislich erstickt wurde. Der Pathologe fand Textilfasern in ihrer Lunge, die zu einem der Sofakissen in der Wohnung passten."

Ich schüttele mich, und auch Jule und Mara schauen entsetzt drein, ob dieser detailreichen Erklärung. Patullek holt noch einmal tief Luft und dann erscheint tatsächlich ein Lächeln auf seinem Gesicht.
„Und hier endet der offizielle Teil. Als Waldemar Patullek möchte ich mit Ihnen einfach nur anstoßen auf das Ende einer aufregenden Zeit und auf gute Nachbarschaft mit meiner Orchideenfreundin."
Dabei blickt er zu Frau Schmitz, beide werden sogar ein bisschen rot, während Patullek eine Flasche mit einer dunklen Flüssigkeit auf den Tisch stellt. Sie sieht der leeren Flasche, die schon dort residiert, verdächtig ähnlich.

Wenig später reden sich alle mit Vornamen an und lachen miteinander. Irene und Waldemar, Mara und Jule, schallt es durch die

Stube. Außerdem hat der Medizingeruch im Haus so dermaßen zugenommen, dass ich mich in unseren kleinen Garten verziehe. Nach und nach folgen mir Flocke, Nino, Willy und Frieda. Ohne die tragischen Ereignisse würden wir Tiere jetzt nicht in dieser Konstellation hier zusammen sein, denke ich mir.

Als Waldemar und Irene gegangen sind und Mara bereits im Gästezimmer schläft, klingelt es noch einmal an der Tür. Es ist bereits sehr spät, und so schwanke ich zwischen Schweigen, um Mara nicht zu wecken, und lautstarkem Bellen, um den späten Störenfried zu vertreiben.

Jule zischt mir leise zu: „Rika, ruhig."

Ihr zum Gefallen belle ich nicht, sondern spitze nur die Ohren, währen Jule zur Tür schleicht und sie vorsichtig einen Spalt breit öffnet. Dann lacht sie erfreut, denn draußen steht Franco! Nun hält mich nichts mehr in meinem Körbchen, schwanzwedelnd springe auch ich zur Tür, um ihn zu begrüßen. Franco war den ganzen Tag in Heidelberg auf der Polizeischule. Dort rief Patullek ihn am Abend an, um ihm von der Klärung des Mordfalls zu berichten.

„Als ich von eurer Mithilfe erfuhr, wollte ich unbedingt persönlich Danke sagen." Franco zwinkert Jule zu, während er sie liebevoll in den Arm nimmt. „Und außerdem trieb mich die Sehnsucht zu dir. Da macht die schönste Frau der Welt meine Arbeit, während ich in Heidelberg auf der Schulbank sitze." Franco schüttelt mit gespielter Entrüstung den Kopf. „Wie kann ich das nur wieder gut machen?"

„Och, da muss ich mal in Ruhe überlegen." Jetzt zwinkert auch Jule und zieht Franco hinüber zur Couch. Ich glaube, ich lass die beiden jetzt allein, denn sie sitzen nun ganz eng beieinander, küssen und umarmen sich ... Als Hundedame, die weiß, was sich gehört, ziehe ich mich in mein Körbchen zurück und schließe die Augen.

Ab und zu dringt Jules glucksenden Lachen an mein Ohr. Ich spüre, dass sie gerade sehr glücklich ist. Wer weiß, ob sie Franco ohne diese Mordgeschichte je begegnet wäre. Mit diesem Gedanken schlafe ich ein und träume, dass das nächste Abenteuer nicht lange auf sich warten lassen wird. So, als hätte das Schicksal erkannt, dass hier eine Schnüffelnase lebt, die erst Ruhe gibt, wenn sie eine Spur verfolgt hat, bis zum

Ende ...

Nachwort

Die Geschichte von Rika, der Mörder jagenden Schnüffelnase, ist etwas Besonderes. Ich habe mich zum ersten Mal in meinem Leben hingesetzt und gesagt: Jetzt schreib' ich ein Buch! Ermutigt durch liebe Menschen, die an mich geglaubt haben, ist es mir gelungen, das Buch fertig zu schreiben. Der Verlag Droemer Knaur zeigte Interesse und brachte es im Sommer 2013 als E-Book auf den Markt. Das ist eine große Ehre für ein allererstes Buch, über die ich mich sehr freue.

Rikarda-von-am-Wasser-längs ist (m)ein real existierender Hund. Was allerdings in ihrem kleinen Hundehirn wirklich vor sich geht, und welche Gedanken sie sich über uns Menschen macht, kann ich nur vermuten. Ich habe mir die Freiheit genommen, ihr Gedanken „anzudichten". Ein paar ihrer Eigenschaften habe ich übernommen. z.B. liebt sie wirklich Schnulzenfilme, den Duft „Schaf N°5" und hat Angst, wenn es knallt. Zeitgleich zur Veröffentlichung des Taschenbuchs ist ein kleines Kätzchen bei uns eingezogen. Rika verhält sich dem neuen Mitbewohner gegenüber genau so, wie im »Leberwurstmörder« beschrieben.

Ich hoffe, Du, lieber Leser, hattest Spaß an der Geschichte. Ich schreibe bereits an Rikas zweitem Fall. Dort werden noch mehr Katzen und Hunde wichtige Rollen einnehmen.

Dank

Mein herzlicher Dank geht an all jene, die mir Mut gemacht haben, ein Buch zu schreiben. Ohne Euch - Paula, Cherie, Erik und Markus, Mutti und Vati ... hätte ich mich nicht 2012 hingesetzt und begonnen ein Buch zu schreiben. Ganz lieben Dank auch an Claudia, die »Eisgräfin«, meine geduldige erste Testleserin, der ich damals ein »ß-freies« und auch ansonsten laienhaftes Manuskript zugemutet habe. Ich habe viel gelernt in den letzten zwei Jahren und ich lerne immer noch. Dankeschön auch an den Verlag Droemer Knaur mit Eliane Wurzer und Julia Feldbaum. Ihr hattet Vertrauen in mich und mein Buch, und Ihr habt mir gezeigt, wie die Profis arbeiten. Ein herzliches Danke an alle Autorenkollegen für Eure Ratschläge - Rudy, Michaela, Marion, Renate, Matthias M. und alle anderen. Liebe Maren R. - Dir danke ich für Deinen fachlichen Rat, bezüglich der Katzenkinder und fürs Anrufen dürfen zu jeder Zeit. Und zu guter Letzt herzlichen Dank an meine liebe Nichte Sophie, die in den letzten Tagen vor der Veröffentlichung sicher kein Whatsapp von mir mehr sehen mochte, weil ich immer wieder »klitzekleine« Änderungswünsche für das Cover hatte - welches ich übrigens wunderschön finde.

Cherie, Dir werde ich ewig dankbar sein, für das tiefe Glück, dass ich empfinde, so leben und schreiben zu dürfen.

Leseprobe: Schnüffelnases zweiter Fall

Universität Berlin, Fakultät für Gartenbau, Zaubergarten

...

Wir nähern uns der kleinen Tür, durch die Carla hereingekommen war. Sie öffnet diese und wir stehen direkt in einer dunklen Ecke des großen Hofes, die von einer funzeligen Lampe über der Tür notdürftig beleuchtet wird. Rechts sehen wir die Studentenschar verschwinden, links liegt der Zaubergarten. Da die beiden Frauen ins Gespräch vertieft nur langsam weiter schlendern, und ich immer noch ohne Leine bin, nutze ich die Gelegenheit, noch einmal den Zaubergarten zu besuchen, der nun verlassen und geheimnisvoll im Dunklen liegt.

Schnüffelnd bewege ich meine Nase über den Boden, ignoriere die Spuren tausender Füße und laufe zielgerichtet zu den Pflanzen, deren Gerüche mir so fremd erschienen und die von Sparkies Frauchen geraucht werden. Was ist das? Irgendetwas ist anders, ein beunruhigender Geruch, der vorhin noch nicht da war! Aufgeregt laufe ich durch den Garten, bis in die hinterste Ecke, wo die Mauer, die das Grundstück umgibt, mit der Außenwand des Gebäudes zusammenstößt.

„Wau! Wau!" Da liegt jemand! Er riecht nach Mann, nach Kaffee und nach Tod. Seine Augen starren blicklos in den dunklen Abendhimmel über Berlin.

„Wau! Wau!" Nun belle ich, so laut ich kann. Frauchen! Carla! Kommt herbei! Und tatsächlich, ich höre, wie ihre Schritte sich nähern, während ich meine Schnüffelnase neugierig die Leiche untersucht. Da ist ein ganz schwacher Geruch, mir völlig fremd, der am Kopf des Toten haftet, wie ein letzter Atemzug, den die fest zusammengepressten Lippen nicht freigeben wollen. Nun werde ich immer aufgeregter, umkreise den Toten und bemerke eine Tasse in seiner linken Hand. Ein winziger Rest Kaffee ist noch darin, aber auch dieser seltsame, mir unbekannte Geruch.

„Wuff!" *Hallo, hierher, etwas Schlimmes ist passiert ...,* so belle ich hinaus in den kalten Abend.

„Rika, aus!", stoppt Jule mein Bellen. Im nächsten Moment bleibt sie abrupt stehen, als ihr Blick auf den Toten fällt. Sie schlägt die Hand vor den Mund und ruft entsetzt:
„Oh ...!"
„Kind, was ist denn los?", fragt Carla, die hinter Jule steht und daher noch nicht erkennen kann, dass dort jemand zwischen den Pflanzen liegt.
Sparky kommt angeschossen und wuselt geschickt zwischen den Beinen der beiden Frauen hindurch. Sofort will er wissen, was los ist, denn er hat mein Bellen genau verstanden. Auch er schnüffelt nun vorsichtig an der Leiche und sieht mich danach traurig an. *Der ist tot – sagen seine Augen.*

Währenddessen zieht Jule ihr Handy aus der Tasche, hockt sich zu der liegenden Gestalt und tippt drei Tasten - 110, vermute ich.
Auch Carla hat nun mitbekommen, dass hier etwas Entsetzliches passiert ist. Doch statt wie sonst, sofort loszuplappern, beugt auch sie sich zu dem Mann am Boden hinab, tastet an seinem Hals und am

Handgelenk nach dem Puls, wirft einen Blick auf sein Gesicht mit den offenstehenden und trotzdem leblosen Augen und schüttelt traurig den Kopf.

Jule spricht gerade mit zitternder Stimme in ihr Telefon. Sie ist so aufgeregt, dass sie sich ständig verhaspelt.

„Ob er noch lebt? Nein, ja, ähm, ich glaub nicht. Wie bitte? Im Zaubergarten. Was?"

Ihre Mutter nimmt ihr sanft das Handy aus der Hand und erklärt mit wenigen Worten die Lage und wo genau wir uns befinden. Ich schaue bewundernd zu Carla. Sie versteht es nicht nur, als Dozentin ihre Zuhörer mitzureißen, sondern sie behält auch einen kühlen Kopf, wenn es darauf ankommt. Keine Spur mehr von der Plaudertasche, der nichts peinlich ist.

Jule schaut immer wieder zu dem Toten. Dann wendet sie sich mit leiser Stimme an Carla:

„Mama, ich hab ihn vorhin noch lebend gesehen."

„Was? Kind wo denn?" Carla erschrickt. „War er etwa auch in meiner Vorlesung? Ich kann mich nicht an alle Gesichter erinnern."

„Nein", sagt Jule. „Ich glaube, er stand im *Saftladen* hinter mir, als ich mir einen Kaffee holte. Er schien es ziemlich eilig zu haben und meinte, drängeln zu müssen."

...

©Jo Jansen

Rikas zweites Abenteuer als Mörder jagende Schnüffelnase wird voraussichtlich Ende 2014 erscheinen.

40568397R00125

Printed in Poland
by Amazon Fulfillment
Poland Sp. z o.o., Wrocław